きれいなお姉さんに養われたくない男の子なんているの？

No man does not want to be supported by a beautiful woman.

2

柚本悠斗 Haruto Yuzumoto
iLL. 西沢5ミリ

「お待たせ！どう……？
似合ってるかしら？」

「瑛太くんは、どうちがいいと思う？」
お姉さん
（四条沙織）

contents

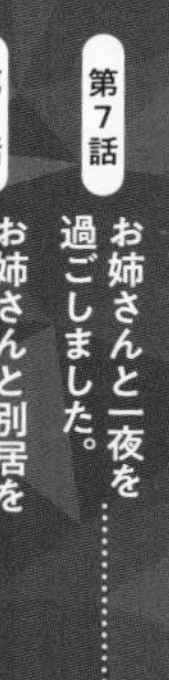

GA文庫

きれいなお姉さんに養われたくない男の子なんているの？2

柚本悠斗

GA文庫

カバー・口絵　本文イラスト

西沢5ミリ

プロローグ

今から一ヶ月半前——五月の上旬。

僕はきれいなお姉さんに養われることになった。

いや、ちょっと待って欲しい。

こんな話、にわかには信じてもらえないと思うし、僕自身ですら未だに朝起きて夢じゃないかと思う時もある。友達の輝翔に話した時は、『……いい病院を紹介しようか？』と心配されてしまったくらい信憑性に欠ける話だってことは理解している。

だけど嘘でも冗談でも、ましてや気の迷いでもないので信じて欲しい。

ある日、戦場ジャーナリストをしている僕の父さんが戦地で行方不明になった。

そのニュースをアルバイト先のコンビニで見かけたところ、店長から親権者不在を理由にクビにされ、更に父さんが家賃を四カ月も滞納していたことで、即日マンションを強制退去させられるという不幸のダブルパンチ。

家も仕事もなくして父さんへの怒り心頭、公園で途方に暮れていた時だった。

『それなら、お姉さんの家においでよ――』

声を掛けてくれたのは、いつもコンビニに来ていた憧れのお姉さん。

さすがに独身女性が一人暮らしをしている部屋に上がり込むわけにもいかないと思ったんだけど、行き場を失っていた僕はお姉さんに諭されて一晩だけお世話になることに。

こんな展開、思春期男子ならあれこれ期待しちゃうでしょ？

でも、現実はそう甘くない。

お姉さんの部屋に足を踏み入れるなり目を疑った。

なんとお姉さんは家事が一切できず、お手伝いさんが逃げ出すレベルで荒れ放題。ゴミや脱ぎっぱなしの洋服や下着が散乱していて、僕は泥棒に入られたんだと信じて疑わなかった。

生活能力皆無のお姉さんを見かねた僕は、一晩だけお世話になる代わりに部屋の片付けをしてあげたんだけど、感激したお姉さんがお礼と言って帯付きの札束を差し出してくる。

しかも一晩だけじゃなくて『ずっといていいんだよ！』と口にするお姉さん。

どうしてそこまでよくしてくれるのかと尋ねると。

『実はね……お姉さん、ずっと瑛太くんのことが気になってたの……』

なんて、告白にも似た言葉が飛び出した。

いつもアルバイトを頑張る僕を見て癒されていたとお姉さんは語る。

ずっと僕の面倒を見てあげたいと思っていたらしく『お姉さんが養ってあげるから！』とか『一生働かなくていいんだよ？』なんて、必死に同居する上での好条件をアピール。

終いには僕が家事万能だと知るなり。


『私の専業主夫になってください！』


なんて頬を赤らめながら言いだす始末。

専業主夫は丁重にお断りしたんだけど、お姉さんの説得もあり生活の当てが見つかるまでの間、お姉さんの代わりに家事を全て引き受けることを条件にお世話になることにした。

お姉さんの着替えを覗いてしまったり、背中を流してあげると言われてデッキブラシで背中をこすられたり、僕のベッドがないからとお姉さんのベッドで一緒に寝たり。

ハプニング満載で大変ではあったけど、僕らはそれなりに楽しい日々を過ごす。

だけど、そんな楽しくも大変な日々も長くは続かない。

警察官の朱音さんから僕らの関係を怪しまれ、僕の姉だと堂々と嘘を吐くお姉さん。

出かける度に朱音さんに遭遇し、お姉さんと朱音さんの間に一触即発の空気が流れる。

なんとか朱音さんの目をごまかそうとあれこれ手を打ったんだけど、結局は同居がばれてしまい、お姉さんが未成年者誘拐容疑で逮捕されるというバッドエンド寸前に。

同時に知らされたのは、お姉さんは一年前に僕が痴漢から助けた女性であり、女優の吉岡里美で、女優だった僕のお母さんと一緒にホームドラマに出演していた子役だったということ。

衝撃の事実に困惑していると、翌日ケロッと帰ってきたお姉さん。

なんとお姉さんは、僕があれこれ対策をしている間に海外で過激派集団に捕まっている父さんに会いに行って、僕の保護者になるための手続きを行っていたらしい。

逮捕当日に申請が下りていて、晴れて自由の身になったとか。

いろいろ疑問は残る中、僕たちの新たな生活がスタートしたんだけど……。


一難去ってまた一難とはよく言ったもの。

更なる問題がいくつも僕らを待ち受けていたわけで……この時の僕は、まさか大きな決断を求められることになるなんて、思ってもみなかった。

第１話　お姉さんと新たな生活がスタートしました。

夏が近づいてきた六月下旬の日曜日――。

僕とお姉さんは、地元百貨店の水着売場に足を運んでいた。

なんて言うと『夏らしいイベントの一つだな……このリア充が！』なんて、輝翔あたりに文句の一つも言われそうだけど、僕の置かれている状況はそんな羨ましいものじゃない。

なぜなら僕が今いるのは女性用の水着売場。

規則正しく陳列されたビキニやワンピース。三六〇度、見渡す限りカラフルな水着に囲まれた素敵空間にして、男なら誰もが一度は憧れるパラダイス。

でも実際に足を踏み入れてみると、それは幻想だったと思い知らされる。

なぜなら試着を待っている間は一人きりで、その時間はもはや拷問に近い。

その証拠に『なんでここに男が……？』『しかもあれ、高校生じゃない？』『警備員さんを呼ばないと』なんて、小声で話しながら不審者か変態でも見るような視線を向けてくる。

中には『そういう嗜好の人もいるわよね！』なんて、理解を示すような生温かい目で見つめてくる女性もいるんだけど、ちょっと待って。僕に女性の水着を着る趣味はない。

まぁでも、世の中には女性の下着売場に同行させられる男もいるって聞くし、それに比べればまだマシだな……なんて、無駄にポジティブに考えながら自分を励ます。

「お、お姉さんの試着、まだ終わらないかなー！」

わざと周りに聞こえるように声に出し、付き合いで来ていることをアピールしながら試着室に目を向ける。そろそろ女性たちの奇異の視線に耐えるのも限界に近い。

なんて思いつつ、そもそもどうしてこんなことになったのか？

今日はお姉さんの仕事が久しぶりに休みだったから、仕事で疲れているお姉さんをゆっくりさせてあげようと起こさずに、静かに部屋の掃除をしていた時だった。

突然バタバタと飛び起きてパジャマ姿のままリビングにやって来たお姉さん。

開口一番『新しい水着が欲しい！』と叫び、手にしていたスマホを僕に向かって掲げた。

何事かと首を傾げながらスマホを覗き込むと、そこには地元百貨店のウェブサイト。表示されていたのは、先週から催事場で行われている新作水着フェアだった。

話を聞くと、起きたものの布団から出る気になれず、もぞもぞとスマホをいじっている時に偶然見つけたらしい。

そんなわけで、水着を一緒に選んで欲しいと連れられて来たんだけど……。

お姉さんが試着を始めてかれこれ二時間が過ぎていた。

「瑛太くん、お待たせ！」

試着室から出てきたお姉さんが水着姿を披露する。

「どう……？　似合ってるかしら？」

「えっと……とても似合っていると思います……」

「本当？　よかった！」

お姉さんが身に着けているのは花柄模様が印象的なスカートタイプのワンピース。

首回りから胸元（むなもと）にかけて大きく開いていて、ワンピースタイプの割には比較的露出度が高い。

白地にあしらわれたカラフルな花柄が目を引く夏らしいデザインの一着だった。

見せつけるようにくるっと回って見せるんだけど……足元には試着室を埋め尽くす水着の山。

最初はいい目の保養だと思ってドキドキしながら見ていたものの、さすがに何十着も披露され続けると目の毒のような気がしてくる。

「でもさっきのビキニも捨てがたいのよね……その前のやつも」

お姉さんは一転して悩まし気な表情を浮かべる。

「瑛太くん的には、さっきの水着とどっちがいいと思う？」

「そ、そうですね……どっちも素敵だと思います」

「じゃぁ、ビキニとワンピースだったらどっちがいいかしら？」

男子にとって究極の二択を迫られた。

「えっと……」

「じゃぁ、布面積が少ないのと多いのはどっちが好み？」

「そんなの少ない方――じゃなくて！　えっと……僕の好みはともかく水着といえばビキニって印象が強いですよね。でも、ビキニだと取れちゃいそうで不安な感じがします」

思わず本心を即答しそうになったけどギリギリ踏み留まる。

「そう？　案外取れないから平気よ」

「そうなんですか？」

「アニメやドラマで取れちゃうシーンがあるけど、実際はそうならないように作ってあるの。女の子から言わせれば、水着が取れてポロリしちゃうのはファンタジーみたいなものよ」

なんてことだろう……世の男子諸君のロマンが全否定。

そんな悲しい現実なんて知りたくなかった。

「でも、あんまり派手な水着だと男性の視線とか気になりませんか？」

「それはあるけど……でも無難な水着じゃコスプレ警官に負け――じゃなくて、今は瑛太くんの好みを聞いてるの！　ビキニとワンピース、どっちが好きなの⁉」

試着室から飛び出す勢いでグイグイと詰め寄ってくるお姉さん。図らずとも強調される豊かな双丘に視線が向いてしまうのは、健全な男子高校生の証拠だから許して欲しい。

だめだ……これはもうなにかしら答えないと収まらないやつだ。

視線はもちろん、話を逸らそうとしても無理だと悟った僕は覚悟を決める。

「お姉さんならなにを着ても似合うと思いますけど、個人的にはビキニの方がいいかなって思います……ほら、お姉さんはスタイルが良いですし映えるかなーって……」

「なにを着ても似合うなんて……」

照れた感じではにかむ表情を見せるお姉さん。

「瑛太くんにそう言われると、すごく嬉しいな……えへへ」

そんな表情をされるとこっちまで恥ずかしい……。

逆に照れている自分に戸惑いつつ、僕の中に一つの疑問が湧く。

疑問というか、出会ってからずっと気になっていたこと。

「ところでお姉さん」

「なにかしら？」

「もう何十着と水着姿を披露してもらってますけど……恥ずかしくないんですか？」

お姉さんは僕に触られたり名前を呼ばれたりすると、恥ずかしさと緊張のあまり気絶してしまうらしいんだけど、なぜか添い寝やロングスカートの中にかくまうのは平気らしい。

朱音さんに追われて大人なホテルに行った時は、妄想で気絶したこともあった。

今に始まった話じゃないんだけど、相変わらずNG判定が謎すぎる。

「お姉さん仕事柄、人に見られるのは慣れているから平気よ。衣装合わせの時とかはスタイリストさんの前で下着姿になったりするし……って思っていたんだけど、そっか……今はお仕事じゃないし、瑛太くんに『見られて』いるのよね……」

お姉さんはなにかに気付いたような表情を浮かべると、慌ててカーテンを閉める。

その間からひょっこりと出した顔は、茹(ゆ)で上がったタコみたいに真っ赤(まっか)だった。

「急にどうしたんですか?」

「な、なんだろう……意識したら急に恥ずかしくなっちゃった。お、お姉さん、もう少しいろいろ試着してみるから、瑛太くんはその辺でのんびり休んでて!」

照れた感じで叫びながら、お姉さんは試着室の中へ消えて行った。

途中からクールで穏やかな口調が乱れていた辺り動揺しているんだろう。

「だから、そんなリアクションされると見ている僕の方が恥ずかしいんですけど……」

なんて呟(つぶや)きながら、水着コーナーの端にあるベンチに座って待ち続ける。

あとどれくらいかかるんだろう?

でも待っている時間は決して苦じゃない。

なぜなら、僕たちはもう二度と、こうして一緒にいられなかったかもしれないんだから。そう思うと、お姉さんが僕のためにしてくれたことは感謝してもしきれない。

僕は試着が終わるのを待つ間、感謝を胸に先週のことを思い出す――。

ω

お姉さんが朱音さんに逮捕された翌日――。

改めて僕の歓迎パーティーをしていた夜のこと。

「ところでお姉さん」

「ん？　なにかしら」

食事を終えて、お姉さんがデザートのプリンを幸せそうに食べている時だった。

僕は今回の件でいろいろと疑問に思っていたことを尋ねてみることにした。

「僕が輝翔の家にお世話になっている間に、父さんに会いに行ったんですよね？」

「ええ。そうよ」

「どこに行ったんですか？」

「えっと、確か中東の……どこかだった気がする」

なんだかふわっとした感じで答えられた。

「場所はともかく、父さんが今いる場所って紛争地帯だった気がするんですけど……」

「そうみたいね。でも行ってみたら案外いいところだったわよ。せっかくだからお土産(みやげ)でも買ってこようと思ったんだけど、お土産屋さんが全然なくてね」

今度はちょっとその辺まで旅行に行ってきた感じで答えらえた。

なんだろう……緩(ゆる)い感じで全然戦地の危うさが感じられない。

「お姉さん、外国語とか堪能なんですか？」

お姉さんはスプーンを加えたまま首を横に振る。

「全然話せないし、日本語すら怪しいかもしれないわ。前に北海道でお仕事があった時、現地のおばあちゃんとお話しする機会があったんだけど、なにを言ってるのか全くわからなくて……ずっと現地の若い人に通訳してもらっていたの」

いや、それはただ方言がきつかっただけじゃ……。

なんだろう……この、話が噛み合わない感じが懐かしい。

「でもね瑛太くん。人は言葉が通じなくても笑顔とジェスチャー、なにより心を通わせようとすればコミュニケーションは取れるものよ。あとはお金さえあれば」

いいこと言っていると思ったら、最後にさらっと現実的なことを言ったぞ。

まぁ確かに、お姉さんくらいの財力があれば海外に行くことも、お金の力を使って通訳を雇って人を探すことも、紛争地帯で安全を確保することも簡単なんだろう。

やっぱりお金の力って偉大だなぁ……。

「父さん、元気にしてました？」

「ええ。元気だったわよ。過激派集団の人たちとも仲良くしているみたいで、覆面姿の怪しいおじさんたちとお酒片手にホームパーティーをしていたわ。なにか新しいことを始めるための決起会だって言っていたけど……加純さんらしいわね」

「新しいこと……ですか」

「お水がどうとか言ってた気がする」

「水……」

なにをやっているんだ父さんは……もはや戦場ジャーナリストが本業とは思えない。

父さんが意味不明なことをしているのは今に始まった話じゃないし、心配するだけ無駄なのはいつものことだし、話を聞くのはこのくらいにしておいて。

「でも、正直びっくりしました。お姉さんが僕の助けた女性だったことも、お母さんと共演していた子役だったことも……もしよかったら、その辺のことを聞かせてもらえますか？」

「……そうよね」

お姉さんは迷うようなそぶりを見せた後、食べかけのプリンをテーブルに置く。

「わかった……ちゃんと全部、お話しするね」

僕に向ける表情は、いつになく真剣だった。

「今まで黙っていたけれど、私は女優のお仕事をしていてね……芸名は吉岡里美（よしおかさとみ）。小さい頃（ころ）から子役として芸能界で働いていて、その頃に瑛太くんのお母さんと共演したの。だから瑛太くんが水咲（みずさき）さんの息子さんだって知った時は、本当に驚いたのよ……」

それは僕も同じ。

まさかお姉さんがあのドラマの子役で、お母さんの共演者だったなんて。

「でも大人になってからお仕事が上手くいかなくてね。女優としてやっていけるのかなとか、もう辞めた方がいいのかなとか……そんなことを仕事帰りに公園で悩んでいたら、男の人に襲われたの。最初は抵抗したんだけど、なんかもう……いろいろどうでもよくなっちゃって。全部諦めかけた時だった……一人の男の子が助けてくれたの」

お姉さんはまっすぐに僕を見つめる。

「それが、瑛太くんだった」

その瞳は、どこか懐かしさのようなもので満ちていた。

「警察署で事情聴取を受けている時に、私を助けてくれたのが近くのコンビニで働いている高校生だってコスプレ警官から聞いたの。一言お礼を言いたくて瑛太くんのことを調べて、アルバイト先でお話しするのも迷惑だと思ったから、瑛太くんのお家に行ったのよ」

僕の家に――？

「でも瑛太くんはいなくて、たまたま帰国してたお父さんとお話ししたの。『瑛太は当たり前のことをしただけだから気にしなくていい』って言ってくれたけど、なにかお礼をさせてくださいって言ったら、お父さんは自分のお仕事の話をしてくれて『自分になにかあった時は、瑛太のことをよろしくお願いします』って頼まれたんだ」

「そうだったんですね……」

どうやって僕の家を突きとめたのかはともかく……。

そんな話、父さんからは一言も聞いてないんだけど。

「それからは、瑛太くんを見守ることがお姉さんの生きる意味になってたんだと思う」

お姉さんは噛みしめるように口にする。

「一度は全部諦めかけちゃったけど、一人の男の子に救われた。瑛太くんが困った時は、今度は私が助けてあげたい。そう思うと仕事も一生懸命頑張れて、いろいろ上手く行き始めたの。気が付けばお休みがないくらいお仕事も忙しくて、お金もたくさん貯まってた。瑛太くんを助けるんだって思っていたのに、助けられていたのはお姉さんの方だった」

「お姉さん……」

「だから、お姉さんのお金は瑛太くんのお金みたいなものだから遠慮しないで――」

「いや、それとこれとは話が違うと思います」

独自の謎理論を展開しかけたところを、反射的に否定する。

お姉さんは『うぬぅ……』と顔を膨らませて不満そうな表情を浮かべた。いい話の途中に水をさすようで申し訳ないけど、逆ジャイアニズムには同意しちゃいけない気がする。

「それからは、瑛太くんが元気にしてるかなって思うと気になって、毎日アルバイト先のコンビニに行くようになって……元気な姿を見られるだけで嬉しかった。そんなある日、瑛太くんを公園で見かけて勇気を出して声を掛けたら、お父さんが行方不明だって聞いて……今こそ私が瑛太くんを助ける番だって思ったの」

「そうだったんですね……」

お姉さんの説明を聞いて、自分の中の疑問が晴れていく。

僕がお姉さんを助けたのは本当に偶然で、恩を感じて欲しいとか思ったことは一度もない。

でも、どこかで助けた女性が元気にしてくれていたらいいなとはずっと思っていた。

その人がお姉さんで、少しでも頑張る理由になれていたのなら素直に嬉しい。

なにより、今度は僕を助けてくれたことが嬉しかった。

「ありがとうございます」

気が付けば、自然と感謝の言葉が零れていた。

「瑛太くんがお礼を言う必要なんてないのよ。お姉さんの方がありがとうなんだから」

お姉さんがこんなふうに言ってくれる人でよかった。

「最後にもう一つ、聞いてもいいですか」

「ええ。もちろん」

「お姉さんは——お母さんの連絡先を知ってるんですか？」

その一言に、お姉さんの表情が僅かに曇った。

それだけで答えはわかったようなものだった。

「ううん……今はわからない。連絡もつかなくて」

「そうですか……」

なんとなく、わかってはいた。

もしお姉さんが連絡先を知っているのなら、僕が水咲美雪（みゆき）の息子だとわかった時点で教えてくれていただろう。父親が行方不明なんだから、離婚しているとはいえ母親と連絡が取れるのならそうしていたはずだ。

そうしなかったということは、つまりそういうことだ。

「ごめんね……」

「いえ。気にしないでください」

お姉さんは申し訳なさそうに目を伏せる。

その表情が、しばらく頭から離れなかった。

ω

「瑛太くんお待たせ！」

しばらく物思いにふけっていると、不意にお姉さんの声が響いてきた。

顔を上げると、私服に着替えたお姉さんが満足そうな笑みを浮かべている。

「決まりましたか？」

「ええ。ばっちりよ」

せっかくならどんな水着か見せて欲しい。

そんな僕のそんな願望が伝わったのか。

「どんな水着にしたか知りたい？」

お姉さんは僕の顔を覗き込み、悪戯っぽい笑顔を浮かべる。

心の中を読まれたようで恥ずかしく、思わず目を逸らす。

「いや……まぁ、気にはなりますよね」

「ひ・み・つ♪」

「…………」

お姉さんは勿体付けるように口にした。

……なんだか全力でからかわれている気がする。

「さて、次は瑛太くんの水着を選ぶ番ね」

「え？　僕も水着を買うんですか？」

「もちろんよ。夏になったら一緒に海に行くんだもの」

一緒に海だって⁉　そういうことなら僕も水着を買わないと！

なんて思った自分を殴りたくなったけど、健全な男子高校生なら仕方ないよね！

そう自分に言い訳をしつつ、お姉さんと一緒に男性用の水着売場へと向かった。

だけどと言うか、やっぱりと言うか、僕の水着選びも大変だった。

適当に選ぼうと思っていたんだけど、お姉さんが納得してくれるはずもない。

前に洋服を買ってもらった時と同じように店員を呼ぶと『ここにある水着、全部試着させてもらえるかしら？』と当たり前のように言い放ち、店員総出で試着室に運び込む。

案の定『どれも似合いすぎる……』とか『この中で一番を選ぶなんて無理……』なんて言いながら悶絶を繰り返すお姉さん。はたから見たら完全にやばい人だよね。

そんな感じで、お姉さんプロデュースのファッションショーが終わったのは一時間後。

試着した数も覚えてないし、さすがに疲れたけど……洋服の時みたいに全部買うとは言わなかっただけよしとしておこう。

ω

「お昼も過ぎたし、どこかで食事でもしましょう」

「そうですね。ちょっとお腹も空いてきましたし」

買い物を終え、百貨店を後にした時だった。

「ん？　電話……？」

お姉さんのバッグから振動音が響く。

なんでもお姉さんは撮影の時だけじゃなく、普段から常にマナーモードにしているらしい。

その都度切り替えるのが面倒らしく、その横着さがお姉さんらしいといえばらしい。

「…………」

お姉さんはスマホを取り出して画面を覗くと、露骨に不満そうな表情を浮かべた。

「瑛太くんごめんなさい。ちょっと出てくるわね」

お姉さんが少し離れて電話に出た瞬間だった。

「はい。もしも――」

『あんた、今なにしてるのよ――!!』

響く怒鳴り声に、お姉さんは顔をしかめてスマホを耳から話す。

離れている僕にもはっきりと聞こえるほど大きな声だった。

「ど、どこにいるって……今日はお休みでお買い物中だけど」

『休みじゃないわよ！　撮影のスケジュールが変更になったって言ったでしょ！　監督から電話があって、何度連絡しても電話に出ないからってこっちに掛かってきたんだから！』

「え……？」

電話の相手はたぶん仕事関係の人だろう。

その一言に、お姉さんの顔がみるみる青ざめる。

「嘘……だって、スケジュールが変更になって日曜はオフにするって……」

『共演者のスケジュールの関係で更に変更になったって電話したでしょ！　あんた寝ぼけてたみたいだから、心配してメッセージも送ったのに……意味ないじゃない！』

お姉さんはスマホを耳から離してメッセージアプリを立ち上げる。

少しして、お姉さんが泣きそうな顔で声を上げた。

「ど、どうしよう知華ちゃん！　私怒られちゃう！」

『いいから早く向かいなさい！　電車でもタクシーでもなんでもいいから！』

「で、でも！　今日は普段着でお化粧もちゃんとしてな――」

『そんなもんどうでもいいから行けっつーの！』

相手がそう怒鳴ると同時、ブツッと通話が切れた。

画面を見つめたまま固まり続けるお姉さん。

「お、お姉さん……？」

「え、えっと……ごめんね瑛太くん！　お姉さんお仕事みたいなのおぉぉぉ！」

はい。それはもうバッチリわかっています。

だからそんな泣きながら言わなくても大丈夫です。

「事情はわかりましたから、とりあえず急ぎましょう」

「う、うん！」

慌てて駅まで走り、ロータリーに停まっているタクシーに飛び乗る。

「本当にごめんね！」

「気を付けて行ってきてくださいね」

お姉さんはまるで今生の別れのように、見えなくなるまで泣きながら手を振り続けていた。

「だ、大丈夫かな……」

さすがにちょっと心配になる。撮影ってたぶんドラマかなにかだよね？

だとすると共演者の人たちを待たせているはずだし、怒られたりしないといいけれど……お姉さんを心配しながら、これからどうしようか考えていた時だった。

「え、瑛太君――！」

不意に名前を呼ばれて振り返る。

「ぐ、偶然ですね！　こんなところで会うなんて！」

「……朱音さん？」

するとそこには、私服姿の朱音さんが立っていた。

普段は警察官の制服姿で見かけることが多いせいか、一瞬誰かわからなかった。

いや、もちろん私服姿も何度か見たことはあるんだけど、いつもはパンツスタイルが多いのに今日は珍しくロングスカートを履いている。化粧もいつもと違って華やかな感じ。

まるでイメチェンをしたみたいというか、どことなくコーディネートがお姉さんに似ているような気がしなくもないけれど……うん。これはこれで全然ありだと思う。

　朱音さんの新たな一面を発見した気分。

「今日はお休みですか？」

「はい。久しぶりに日曜日にお休みが取れたので、朝から後を付け――じゃなくて、天気もいいのでお買い物でもしようと思いまして！　ほらっ！　夏も近いし新しいお洋服を！」

　少し説明口調なのが気になるけれど、確かに天気はいい。

　夏にはちょっと早いけれど、夏日のように暑いくらいだ。

「瑛太君は一人ですか？」

「はい。さっきまでお姉さんと一緒だったんですけど、急遽お仕事みたいで」

「ソ、ソーナンデスネー……そうだ！　せっかくなのでお昼でも一緒にどうでしょう？」

　なんだろう……ちょっと落ち着きがないような気がする。

「いいですよ。ちょうど食べようと思っていたところですし」

「本当ですか⁉」

　断る理由もないし、一人で食べるより誰かと一緒の方がいい。

　そんなふうに思うようになったのも、お姉さんとの同居の影響なのかな……なんて思いながら、僕にはそれ以外にも朱音さんと話をする理由があったりするからちょうどいい。

　それは、僕とお姉さんの関係について――。

「瑛太君は、なにか食べたいものはありますか？」

「特には。なんでもいいですよ」

「それならわたしのお勧めのお店に行きましょう」

「はい」

こうして僕らはその場を後にする。

朱音さんには、僕らのことをきちんと話したいと思っていた。

☆お姉さんの日記☆

なんでえぇぇ！　どうしてえぇぇ！

せっかく瑛太くんとデートだったのにお仕事だなんて！

忘れてた私が悪いとはいえ、久しぶりに二人で過ごせる時間だったのに……。

仕事に遅刻して共演者の人たちに迷惑かけちゃうし、終わるのも遅くなっちゃったし、なにより知華ちゃんに怒られちゃうし……散々だったなぁ。今度会うのが怖いよぉ……。

でも、悪いことばかりじゃなかったよね。

瑛太くんと一緒に水着を買いに行けただけでもよしとしなくちゃ！

たくさん迷っちゃったけど、きっとあの水着なら瑛太くんをメロメロにできるはずだし、あのコスプレ警察官がきわどい衣装で迫ってきても勝てるはず！

今から瑛太くんの驚く顔が楽しみだなぁ……えへへ。

あと一ヶ月ちょっとで瑛太くんは夏休みかぁ……。

でもその前に、瑛太くんに本当のこと……お話ししなくちゃだよね。

話せる機会があるといいな……。

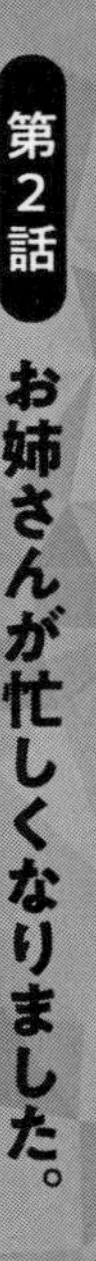

第2話　お姉さんが忙しくなりました。

「このお店、お洒落(しゃれ)で人気があるんですよ」

朱音(あかね)さんに連れられて向かったのは、前にお姉さんと来た喫茶店(きっさてん)だった。

あの時、初めてお姉さんの名前を教えてもらったんだっけ。

四条沙織(しじょうさおり)——しばらく名前は呼ばないでと言われたのに、お姉さんらしい優しそうな名前だなと思うとうっかり呼んでしまって、お姉さんを気絶させてしまったんだよな。

まだ一ヶ月半前のことなのに、ずいぶん懐かしく感じる。

「入りましょう」

「はい」

店内に足を踏み入れると、お昼のピークタイムを過ぎているせいか空いていた。

僕らは奥の窓側の席に通され、向かい合って席に座る。

「瑛太(えいた)君はなにを頼みますか？」

「そうですねぇ……」

メニューをぱらぱらめくりながら考える。

「前に来た時はオムライスにしたので、今日はカレーにしようと思います」

「え？　瑛太君……来たことがあるんですか？」

意外そうな表情で僕を見つめる。

「はい。先月の初め頃に、お姉さんと二人で」

「し、四条さんと……」

朱音さんは愕然とした表情でメニューをぽとりと落とす。

まるでやらかしてしまったと言わんばかりの悲壮感に溢れていた。

「どうかしましたか？」

「い、いえ！　なんでもないです。私も決まったので店員さんを呼びましょう」

朱音さんは笑顔を浮かべ直して店員さんを呼ぶ。

僕らは各々に食べたいものを頼んだんだけど――。

「僕はカレーを」

「わたしはスープパスタをお願いします」

「ここのスープパスタ、お姉さんも美味しいって言ってましたよ」

「す、すみません！　やっぱりナポリタンで！」

去っていく店員さんを呼び止めて注文を変更する。

「スープパスタじゃなくていいんですか？」

「はい。やっぱり今日はナポリタンな気分でした……」

そう言って浮かべる笑顔には、どこか疲れが見え隠れしている。

なんだか今日の朱音さんは、ちょっと余裕がないように見えた。


それから僕らは、食事をしながら他愛（たあい）のない話に花を咲かせた。

思えばこうして朱音さんとゆっくり話をするのは、ずいぶん久しぶりな気がする。

一年前——僕がお姉さんを痴漢から助けた時に事情聴取をしてくれたのが朱音さんで、それ以来の付き合い。

知り合ってから朱音さんは、いつも僕のことを気にかけてくれていた。

僕が一人暮らしだと知ると、心配して定期的に様子を見にきてくれていたほど。

晩ご飯のおかずを作って持ってきてくれたり、お菓子を差し入れてくれたり、時間があれば部屋に上がって悩みを聞いてくれたりしたこともある。

たまに親身になりすぎて『寂（さび）しかったらいつでも私の部屋に来てくださいね』なんて、やたらと距離感が近いところがあるけれど……そこを除けば基本的には素敵な女性。

僕はそんな朱音さんを、とても信頼している。

だからこそ僕は、この一ヶ月半のことを謝りたいと思っていた——。

「朱音さん」

「はい。なんですか？」

朱音さんは食後のコーヒーを口にしながら笑顔を浮かべる。

その笑顔を見てふと思う——そうだった。

僕は今まで、この笑顔に見守られていたんだ。

お姉さんと一緒に暮らすようになって、僕はお姉さんに一人じゃないんだと教えられた気でいたけれど……気付かなかっただけで朱音さんだって傍にいてくれたんだ。

それがどれだけありがたいことなのか、今になって実感する。

だからこそ、自分がどれだけ朱音さんに対して不義理なことをしていたかと思うと……想いが自然と口から溢れていた。

「いろいろ、本当にごめんなさい」

「え……？　急にどうしたんですか？」

僕が頭を下げると、朱音さんは慌てた様子を浮かべた。

「この一ヶ月半のこと……秘密にしたり嘘を吐いたり、本当にすみませんでした」

「瑛太君……」

「全部お話をするので、聞いてもらえますか？」

朱音さんが頷くのを確認してから続ける。

「お姉さんと一緒にいるところを朱音さんに見られた日の前日、アルバイトを終えて事務所に戻ると、父さんが行方(ゆくえ)不明になっているニュースが流れたんです。親権者不在を理由にアルバイトを辞めざるを得なくなって、家に帰ると今度は父さんが家賃を滞納していたことがわかって、大家さんから家を出て行くように言われました……」

今思い出しても自分のことながら悲惨すぎる。

まぁ、ほとんど父さんのせいなんだけど。

「どうしていいかわからなくて、とりあえず公園で考えている時でした。お姉さんから声を掛けられたんです。お姉さんはいつもコンビニに来てくれていたから、面識があったので相談をしたんですよ。そしたら部屋に泊めてくれるってことになって」

今になって思うのは、あの時に輝翔(きしょう)や朱音さんに相談するという選択肢もあったこと。

だけど混乱していた僕は、そんな考えは浮かばなかった。

「最初は一晩だけのつもりでした。でも、誰(だれ)かと一緒に過ごすことを楽しいと思っているうちに、どんどん離れがたくなっていって……この生活を守りたいと思ったんです。でも朱音さんにばれたらきっと一緒にいられなくなってしまう。そう思うと、僕を心配してくれた朱音さんの気持ちを裏切ることになるとわかっていたのに嘘を吐いてしまいました」

そこまで口にして改めて頭を下げる。

「本当に、ごめんなさい」

頭を下げたまま時間が過ぎる――。

少しすると朱音さんがそっと口を開いた。

「瑛太君。顔を上げてください」

朱音さんは真剣な表情を浮かべていた。

「わたしは少年課の警察官として、子供たちを守る義務があります」

私服姿で化粧も違うけど、その表情は制服姿の時のそれ。

「だから未成年者が親権者の承諾なく成人女性と一緒に暮らしていることを見過ごすことはできません。本人たちがよかれと思っていても、そこから問題や事件になってしまうことはたくさんありますし、私自身そういった場面をいくつも見てきました」

その言葉には、警察官としての明確な意思を感じた。

「だから二人が一緒に暮らしているんじゃないかと思った時、本当のことを明らかにする必要がありました。でもそれは、瑛太君を想ってのことだということはわかって欲しいんです」

「はい。もちろん理解しています」

「でも、四条さんが正式に瑛太君の保護者になった今は違います。どんな形でも、瑛太君を保護してくれる大人がいることは、とても喜ばしいことだと思っているんですよ」

「朱音さん……」

「できればその役目をわたしが――じゃなくて、きちんとした施設の人にお願いをしたいところですけど、お父さんの承諾が得られているのなら私が反対する理由はありません」

わずかに声音が柔らかくなる。

「わたしの方こそごめんなさい。他にもやり方はあったんじゃないかなって、ずっと思っていました。騙された振りをしてまで家に押しかけてしまって……謝りたかったんです」

「いや、そんな……朱音さんが謝らないでください」

朱音さんは小さく首を横に振る。

「いいえ……四条さんが言った通り、私情がなかったかと言われたら否定できません。いつも仲良くしている男の子だから、なおさら必死になっていたのは事実です」

朱音さんは警察官として、私情を持ち込んだことを後悔しているみたいだった。

でも僕にしてみれば、仲良くしている男の子——そう言ってもらえることが嬉しい。

「僕だって朱音さんが仲良くしてくれている人だから、今まで警察官という以上に頼りにしていたところはあります。もしあの時……お姉さんと出会っていなければ、僕はたぶん朱音さんに相談していたと思うんです。だから、そんなに気にしないでください」

僕がそう口にすると、朱音さんは目を伏せ『タイミングですよね……』と呟いた。

なんのタイミングだろうか、僕がそう思うより早く——。

「じゃぁ……これからも仲良くしてくれますか?」

朱音さんは伺うように口にする。

「もちろんです。僕の方こそお願いします」

「よかった……」

朱音さんは安堵で満ちた表情を浮かべる。

その顔を見て、僕もほっと胸を撫で下ろした。

「そうだ瑛太君」

朱音さんはひらめいた感じで声を上げる。

「仲直りの印に、一緒に写真を撮りませんか？」

「写真？　別にいいですけど……」

「本当ですか！　ありがとうございます！」

なんで写真？　尋ねる間もなく朱音さんが僕の隣に腰を掛ける。

慌てて髪や服を整えた後、顔を近づけてスマホを掲げた。

「じゃ、じゃぁ、撮りますよ」

なんだか妙に近いような気がする。

近すぎて体が密着しているけれど、一緒に撮るならこんなものかな？

笑顔を浮かべた直後、朱音さんはシャッターを切った。

「ありがとうございます！　宝物にしますね！」

自分の席に戻り、嬉しそうに声を弾ませる。

まぁ喜んでくれてるならいいけど。

「それと、気になっていたことがあるんです」

朱音さんは笑顔から一転、真剣な表情を浮かべて口にする。

「四条さんについて調べていた時に気が付いたことなんですが……四条さんは子役の頃に、瑛太君のお母さんとドラマで共演されてますよね？」

朱音さんは僕の家庭の事情を一通り把握している。お母さんが元女優の水咲美雪だということも知っているし、当然そのことにも気付くだろうと思っていた。

「はい。僕も輝翔に言われるまで気付かなかったんですけど」

「じゃぁ、お母さんの連絡先を知っていたりするんですか？」

「それが……今はもう連絡を取っていないらしくて……」

「そうですか。残念ですね……」

僕以上に朱音さんが声を落とす。

「でも、もしかしたら四条さんのお知り合いに連絡先を知っている人がいるかもしれません。そういう意味でも四条さんと出会えたのは、きっと前進なんだと思います」

「そうですね」

「いつか、会えるといいですね」

そう励ましてくれる朱音さんは、やっぱり優しそうな笑顔を浮かべていた。

「それともう一つ……気を付けてくださいね」

「気を付ける？」

僕が尋ね返すと、朱音さんは小さく頷く。

「四条さんは芸能人の吉岡里美（よしおかさとみ）さんです。一時期はテレビで見かけることも少なかったですけど、この一年は精力的にお仕事をされていて人気もありますから、一緒にいるところをマスコミに見られたりしたら大変なことになるんじゃ……」

「そうですよね……」

お姉さんが僕の保護者になったことで法的な問題はクリアできたけど、僕らのことがマスコミにばれたりしたらお姉さんを困らせてしまうかもしれない。

「お姉さんは出かける時に変装していますけど……変装が怪しすぎて逆にばれそうな気がしなくもないですね。気を付けるようにします」

「そうですね。初めて会った時は完全に不審者でしたから」

確かに。すれ違う人たちが二度見どころか三度見するレベルの怪しさ。

二人でお姉さんの変装姿を思い出し、思わず苦笑いを浮かべてしまった。

「なにかあれば、力になるので相談してくださいね」

「はい。ありがとうございます」

朱音さんの指摘に、わずかに不安を感じたのだった。

食事を終えた後、僕は朱音さんのお買い物に付き合うことにした。

朱音さんに『せっかくお休みの日に会えたんだから』と言われてお誘いを受けたんだけど、なんだろう……午前中はお姉さん、午後は朱音さんとか、ちょっと複雑な気分。

深く考えちゃだめなような気がするから気にしないでおこう。

なんて思いながら向かった先は、まさかの水着売場。

朱音さんも夏に向けて水着を新調したいらしく、一緒に選んで欲しいと連れてこられた。

まさか一日に二回も女性用水着売場に足を運ぶことになるとは……。

朱音さんもお姉さん同様に何十着も水着姿を披露してくれるんだけど、もはや感覚がマヒしているんだろうか、いやらしさは微塵も感じられずただの布を眺めている気分。

思春期男子にすれば随分贅沢な話だなと、自分のことながら思わざるを得ない。

結局、朱音さんが水着を選び終えるまで二時間近くかかったのだった。

……なんかもう、一生分の水着を見た気がする。

ω

「よし。こんなもんかな……」

その日の夜、僕はお姉さんの帰宅に合わせて晩ご飯の準備を進めていた。

それにしてもドラマの撮影日を間違えるなんて、抜けているのがお姉さんらしい。

最近帰ってくると妙に疲れた感じだったのは、ドラマの撮影が始まったからだったのか。

少しでも元気になれるようにと、帰りにスーパーでスタミナの付く食材を買ってきた。腕を振るって待っていると、ちょうど作り終えたタイミングで部屋のチャイムが鳴り響く。

玄関に向かうと、お姉さんがドアを開けたところだった。

「た、ただいま……」

「お、おかえりなさい……」

ドアにしがみついて今にも倒れそうなお姉さん。

まるでホラー映画のワンシーンみたいな感じで入ってくる。

「だ、大丈夫ですか……？」

直接触ると気絶してしまうため、気を付けながらお姉さんの身体を支える。

顔を覗（のぞ）き込むと、疲れたというよりも悲しそうな表情を浮かべていた。

「瑛太くん……どうして？」

「え？　どうして？」

悲壮感たっぷりの声で呟きながらスマホを僕に差し出す。

するとそこには、昼間に撮った僕と朱音さんの自撮り写真が表示されていた。

「ど、どうしてこれを……」

「お仕事が終わってスマホをチェックしたら、ＳＮＳでメッセージが届いていたの。開いてみたらコスプレ警官からで……この写真の他にも瑛太くんと一緒にいるのをアピールするような写真が何枚も送られてきていたのおおぉ！」

朱音さん、なんてことしてくれてるんですか！

しかも写真をよく見てみると、僕に気付かれないようにこっそり撮っていた写真もある。中には朱音さんが自撮りをしている後ろで呑気に商品を物色している僕の姿まで。

隠し撮りみたいな写真の数はざっと十数枚……いつの間に撮っていたんだ。

「なんで瑛太くんがコスプレ警官と楽しそうに写ってるわけ⁉」

「そ、それはですね……」

お姉さんが今にも泣きだしそうな瞳で僕に視線を向けてくる。

言葉使いもいつものクールな感じではなく、感情的になっているそれだった。

どうしよう――そう思ったけど、別にやましいことなんて一つもなかった。状況的に修羅場みたいな感じになっているけれど、僕には身の潔白を証明できる理由がある。

身の潔白っていうのもアレだけど……僕はお姉さんに向き合った。

「今日、お姉さんを見送った後に朱音さんと偶然会ったんです」

「偶然……？」

「はい。それで、話したいこともあったので食事をしてきました」

「お話って……なに？」

「僕とお姉さんのことを、ちゃんと話そうと思って」

「わ、私たちのこと……？」

その言葉に、お姉さんはわずかに落ち着きを取り戻す。

「僕らが一緒にいられるようにするために、朱音さんに嘘を吐いたりごまかしたりしてしまったことを謝りたいと思っていたんです。朱音さんも僕らの周りを嗅ぎまわっていたことを悪かったと思っていてくれていたみたいで、お互いに謝り合うみたいになってしまったんですが……仲直りの印ってことで一緒に写真を撮ろうと言われたんです」

「そうなんだ……」

「その後、せっかくだからと少しお買い物に付き合って……その時に撮っていたんでしょう」

お姉さんは不満そうだけど、納得はしているようだった。

さすがに水着選びに付き合ったことは黙っていた方がよさそうだ。

「てっきり瑛太くんは、コスプレ警官が好きなのかなって……」

「好き!? いや、それはないですよ」

「本当？」

そんなすがるような上目遣いで言われると直視できない。

「でも、向こうは瑛太くんのことを好きなんだと思うけど」

「いやいや、それこそないですって。確かに個人的に面倒を見てもらっていましたけど、それは警察官としての保護対象としてですよ。朱音さんは責任感が強い人なので」

「うぬぅ……まぁ瑛太くんにその気がないならいいけど」

「だから、そんなに写真のことは気にしないでください」

「そうね……」

わかってもらえてよかったと安堵した直後だった。

「それにコスプレ警官が写真を十枚ちょっと送ってきたところで、私の持っている瑛太くん写真集の数に比べたら大したことないものね！」

ちょっと聞き流せない単語が飛び出した。

「僕の……写真集？」

なんだそれはと顔をしかめると、お姉さんは自分の部屋に向かう。

黙って後を付いて行くと、お姉さんはクローゼットに頭を突っ込んでお尻をふりふりしながら中を漁り出し、すぐに大きなアルバムを取り出して床に広げた。

「見て瑛太くん！　これ、全部お姉さんが撮ったの！」

「…………」

開かれたアルバムを見て思わず絶句する。

そこには僕の写真がびっしりと収められていた。

アルバイト中にレジを打っている写真や、アルバイト帰りに肉まんを食べている写真。

中には無理やり加工したようなお姉さんとのツーショット写真や、輝翔と並んで写っていると思われる写真は、輝翔だけ黒く塗りつぶしているのもある。なんかごめん輝翔。

ただ一つ言えるのは、その全てが隠し撮りだということ……やっていることが朱音さんと大差ない。僕の周りの大人はどうなっているんだろう。

「どうどう？　お姉さんデジカメの使い方はよくわからなくて挫折しちゃったけど、最近のスマホってすごいんだね。きれいに撮れてるでしょう？」

「そ、そうですね……」

なんだろう……愛情が重すぎて軽く恐怖。

「でも、やっぱり一番はこの写真かな」

最後のページを開く。

そこには先日、川沿いの芝生に寝転びながら一緒に撮った写真が収まっていた。

「初めて瑛太くんと一緒に撮った写真だからね」

たしかに改めてみても、この写真はよく撮れていると思う。

家族との写真がほとんどないと言った僕に『一緒にたくさん思い出を撮りましょう』と言っ

てくれたお姉さん。そうして初めて一緒に撮った写真。

二人とも、とてもいい笑顔をしている。

「ちなみにこのアルバム、全部で十冊あるの」

なんだって？

「全部見てみたい？」

「えっと……」

そんなに目を輝かせて聞かれると断りづらい。

「見てみたい気もしますけど……また今度にしてご飯にしませんか？」

さらりと流して晩ご飯を提案する。

朱音さんへの対抗心も落ち着いたみたいだし、写真の話題はこのくらいにしておかないといつまでたっても終わらない予感しかしない。

「確かに……リビングの方からいい匂い（にお）がするような気がするわ」

「ご飯の準備をしてありますから」

お姉さんは匂いにつられてフラフラとリビングへ向かう。

手を洗ってからテーブルに着くと、仕事で疲れていた表情に生気が戻った。

「ああぁぁ！　美味しそうだよおおぉぉ！」

「最近疲れてるみたいだったので、少しでもスタミナが付けばと思ってレバニラ炒めを作ってみました。ニラとかレバーとか苦手だったりしませんか？」

「全然！　むしろ大好き！」

「よかった。じゃあ食べましょうか」

「うん！　いただきます！」

席に座ると、お姉さんはお行儀よく手を合わせてから口にする。

おあずけされていた犬が飼い主に『よし！』と言われた直後のように目を輝かせながらモリモリ食べ始めたんだけど——どうしてか、すぐに箸（はし）をとめてぽろぽろと涙を流し始めた。

「ど、どうしたんですか？　口に合わなかったですか？」

「ううん……違うの。なんだかほっとしちゃって」

お姉さんはティッシュを目元に当てながら話し続ける。

「前は独りでご飯を食べていたし、お部屋も汚かったし……でも瑛太くんが来てくれてから毎日美味しいご飯が食べられてお部屋もきれいで、やっと人間らしい生活ができるようになったなって。いろいろあって一緒に暮らせなくなるかもしれない時もあったけど、またこうして瑛太くんの作ったご飯が食べられると思うと……嬉しくて涙が出ちゃう」

「お姉さん……」

お姉さんは小さく鼻を啜（すす）る。

「ごめんね。せっかく作ってくれたのにしんみりしちゃって」

「いえ、僕も同じ気持ちですから」

「本当？　同じ気持ちなら嬉しいな……えへへ」

そんな照れ笑いを浮かべられると、なんだかこっちまで恥ずかしい。

「ああ……でも本当に美味しい。お仕事の疲れが吹き飛んじゃいそう」

「仕事といえばお姉さん、今日は大丈夫だったんですか？　今日だけじゃなくて、最近は帰ってくるとすごく疲れた様子ですし……朝早い日や夜遅い日もあって不規則ですよね」

「大丈夫よっていいたいところだけど……」

言いかけて、お姉さんはがっくりと肩を落とす。

「最近はすごく大変なの。今撮ってる新しいドラマは撮影期間が短いからスケジュールもぎっしりで……今日みたいに日程の変更もしょっちゅうあって休む合間もないくらい」

そうなんだ……それじゃあメンタル的にも肉体的にもきついだろう。

なにかしてあげられたらいいんだけど……そう思った僕はふと閃く。

「お姉さん。お風呂上りにマッサージしてあげましょうか？」

「え!?　本当!?」

お姉さんの目がキラキラと輝く。

ここ数日で一番の笑顔を向けられた。

「瑛太くん、マッサージ得意なの？」

「小さい頃から父さんにマッサージをさせられていたので、それなりには」

「瑛太くんすごいよ……家事も万能でマッサージまで得意だなんて。いくら詰んだら私の専業主夫になってくれるの？　瑛太くんの言い値を払うから教えてくれる⁉」

「いや、専業主夫はちょっと……」

それでもお姉さんは食い下がる。

「今なら特別に二人で暮らす一戸建ても付けちゃうから！」

「いやいや、そんなセットでお得！　みたいな抱き合わせ商法みたいに言われても……」

「でもでも、最近は苦労して就職しても会社がブラック企業だったりして心身ともに壊しちゃう人が多いって聞くし、もし瑛太くんがそうなったらって考えるだけで……お姉さん心配で夜も眠れない。あ、なんか想像したら涙出てきちゃった……」

涙を拭くティッシュでテーブルが溢れそう。

「まぁ……確かにそんな話はよく聞きますけど」

「でしょう？　だったら就職なんてしないで、将来はお姉さんの専業主夫っていうか永久就職っていうか、その方が瑛太くんにとってもお姉さんにとっても一番いいと思うの？」

え？　なにこれ。もしかして僕、プロポーズされてる？

なんて冗談はおいといて、その後も『専業主夫になったらこんなに楽ができるんだよ！』とか『週休二日で一日五時間労働、生活費の他にお小遣い月に百万円支給！』なんて、超絶ホワイトな条件を提示されつつ、話半分に聞き流しながらご飯を食べ進める。

ていうか、まだ僕を専業主夫にするのを諦めてなかったんだ……。

「それとも瑛太くん、将来お姉さんの専業主夫よりやりたいことでもあるの？」

「いや、そういうわけじゃないんですけど」

「でも高校二年生にもなると、進路のこととか考えないとよね」

「そうなんですね……」

確かにお姉さんの言う通り。

そろそろ学校で進路相談があったような気がするけれど、今までは家があれな感じだったから日々の生活で精一杯で、その辺りのことは全然考える余裕がなかったのが本音。

いつまでこうしていられるかもわからないし、考えないとな……。

「大丈夫よ。進学でも就職でも、お姉さんが力になるから！」

「ありがとうございます」

「それでも上手くいかない時は、お姉さんに就職すればいいし！」

お姉さんは僕に向けてグッと親指を立てて向けてくる。

その気持ちが嬉しい反面、申し訳なくも思ったのだった。

夕食を終えると僕は食器を片付け、お姉さんはお風呂へ入ることにした。

お姉さんはお腹がいっぱいになるとすぐに眠くなってしまう人で、僕が洗い物をしていると
いつもソファーで寝落ちしてしまう。しかも一度寝るとなかなか起きないため、今では寝落ち
する前にお風呂に入るように促すのが僕のルーティンだったりする。

特に最近は疲れているせいもあってか、お風呂で寝てしまうこともあった。

その後の展開についてはR指定なのでご想像にお任せしたい。

「瑛太くーん。お風呂出たわよー」

洗い物を終えた頃、脱衣所からお姉さんの声が響いてきた。

「髪をちゃんと乾かしてきてくださいねー」

「はーい」

やっぱりいいな……こういうの。

今までは家に帰ると食事をして寝るだけで、誰かと話をすることなんてなかった。だから
些細なことでも話せる相手がいるってことが幸せなことなんだと実感する。

そう思えるのも全部、お姉さんのおかげなんだよな。

「瑛太くん。お待たせ」

リビングに戻ってきたお姉さんは、お風呂上りのせいか頬がほんのりピンク色。ピンクのフ
ルーツ柄のパジャマに身を包み、首から掛けたバスタオルでパタパタ顔を仰いでいる。

「僕もちょうど洗い物が終わったところです」

「いつもありがとうね」

「じゃあ、お姉さんの部屋でマッサージしましょうか」

「うん。よろしくお願いします」

一緒に部屋へ向かうと、お姉さんはベッドの上で枕を抱えるようにしてうつ伏せになる。僕はベッドの横に立ち、直接触れないようお姉さんの肩にタオルを一枚掛けた。

「どこか辛いところはありますか？」

「んー……首とか肩とか。あと腰も辛いです先生」

「先生って……素人のマッサージですから、あんまり期待しないでくださいね」

よし。始めよう。

お姉さんの肩に手を添えた瞬間だった。

「あっ……」

「……」

一瞬、妙に艶めかしい声が聞こえた気がした。

全力で気のせいだと思いマッサージを始める。

「んっ……んんぅっ！」

「………」

「だ、だめっ……あっ！」

　どうしよう……気のせいじゃなかったらしい。

　思わず手がとまる。このまま続けていいんだろうか？

「瑛太くん……手がとまっているけど、どうかした？」

「い、いえ。なんでもないです」

　慌ててマッサージを再開するんだけど、その度にお姉さんは『んんっ！　そ、そこ……いい……』とか『お願い……もっと、もっとして……！』とか息を切らして悶え続ける。

　音声だけ聞いていたら完全にアレな声にしか聞こえない。

　直接触ってはいないから気絶はしないみたいだけど、この状況ならむしろ気絶してもらった方が思春期男子的には助かるような気がしてならない。

「瑛太くん……上手だね……」

「ありがとうございます……」

「お姉さん、どうにかなっちゃいそう」

　お願いだからならないでください！

　僕も必死に自分の中の理性と戦っているんです！

　それも仕方ない。だってお姉さんの身体、すごく柔らかくて気持ちがよすぎるんだよ。

　マッサージをされているのはお姉さんなのに、マッサージをしている僕の手まで気持ちいいいってどういうこと？　なんだかとても大きなマシュマロを鷲掴みしている気分。

それにしても、どこもかしこも全く凝っているようには思えない。

「もっと激しくても、平気よ……」

「激しくですか……わかりました」

自分の中のなにかを必死に押し殺し、無心でマッサージを続ける。

そうだ。こういう時は頭の中で因数分解を解いて冷静さを取り戻せ。

「先生……次は腰をお願いします」

「こ、腰ですか……わかりました」

腰に両手を添えると、肩と比べてわずかに凝りがあるような気がした。

だから少しだけ力を入れてマッサージしてあげようと思ったんだけど。

「ああっ――！」

瞬間、お姉さんが弾けるように身体を震わせた。

「だ、大丈夫ですか？」

「う、うん……つ、続け――ああっ！」

その後もお姉さんは身体をビクビクさせながら絶好調で喘ぎ続ける。

ご近所さんに聞かれていたらどうしよう……必死に言い訳を考えながら続ける。

僕の心配をよそに、お姉さんの艶めかしい声が部屋に響き続ける中、自分の中の理性と煩悩が激闘を繰り広げること三十分——不意にお姉さんの声がとまった。

「お姉さん……？」

顔を覗き込むと、お姉さんは恍惚の表情で寝息を立てていた。

「寝ちゃったか……」

これで明日、少しでも身体が楽になってくれていたらいいな。

そう思いながら、僕はそっとお姉さんに布団を掛けて部屋を後にした。

煩悩に勝った自分を褒めてあげたいけど、次はどうなるかわからない。

☆お姉さんの日記☆

あのコスプレ警官……いい度胸してるじゃない。

瑛太くんとのツーショット写真を送ってくるなんて、宣戦布告と受けとめていいのよね？

まぁ、瑛太くんとの写真なら私の方がたくさん持ってるし、なにより私は毎日瑛太くんと一緒だし、それにそれに、瑛太くんにマッサージしてもらったんだから！

ああ～……瑛太くんのマッサージ、気持ちよかったなぁ。

でも、あの感覚はなんだったんだろう……。

天にも昇る気持ちよさっていうのかな？　気持ちよすぎて頭の中が真っ白になっちゃって、あんまり覚えてないんだけど……ちょっと癖になりそうな快感だったような気がする。

おかげで疲れも取れたし、ドラマの撮影も頑張れそう！

お仕事は大変だけど、瑛太くんを養ってあげるためにも頑張らないとね。

しばらくは瑛太くんとお出かけもできないのは残念だけど、撮影が一段落したらどこかお出かけでもしたいなぁ……今度瑛太くんと相談してみよう！

第３話　お姉さんの事務所の社長にばれました。

　さて、同居を巡る問題が解決したからといって順風満帆とはいかない。

　むしろ一つの問題が解決したからこそ、次の問題に向き合わなければいけないだろう。

　なんていうと大げさかもしれないけれど、次の問題とは——お金のこと。

　将来を考えればお金の問題は無視できない。

　先立つ物はお金とは、よく言ったものだよね。

　大学に進学するなら入学費用や年間の授業料。いずれは自動車免許も取りたいし、いざという時のためにまとまった額の貯金もしておきたい。

　高校生がそんなにお金の心配をしなくてもと思われるかもしれないけれど、数年は帰国しないと宣言している父さんが当てにできない以上、今から蓄えは必要だ。

　たぶんお姉さんに相談をすれば『お姉さんが全部払ってあげるから大丈夫よ！』なんて言ってくれるのは間違いないけれど、さすがにそこまで甘えるわけにはいかない。

　養われている立場とはいえ、自分でできることはすべきだと思う。

　そんなわけで、僕は一度頓挫（とんざ）したアルバイト探しを再開しようと思い、学校帰りに近くのコンビニで無料の求人誌を貰ってからマンションに向かう。

でも——。

「アルバイトをするにしても、ちょっと考えないといけないよな……」

僕はお姉さんに養ってもらう代わりに、家事を全て引き受けている。

だからアルバイトをすることで家事が疎かになってしまっては本末転倒なんだ。

家事やお姉さんの生活を支えつつ、可能な範囲でできるアルバイトとなると条件も相当しぼられてしまうと思う。少なくともコンビニの時みたいにがっつりはできない。

「どちらにしても保護者の同意がいるし、お姉さんに相談してみようかな……」

考え事をしていると気が付けばマンションに到着。

カードキーで部屋の鍵を開けて中に入った時だった。

「これは……？」

玄関に見慣れないパンプスが置いてあるのに気が付いた。

違和感を覚え、思わずドアを閉めて考える。

あのパンプスは……お姉さんのじゃない。

お姉さんが所持している靴は部屋の掃除をする時に見て把握している。それに今朝お姉さんと一緒に部屋を出た時も、玄関に出しっぱなしの靴はなかったはずだ。

「お姉さんがどこかで買って帰ってきた……？」

いや、それはない。

お姉さんは仕事が終わると何時頃に帰宅するかメッセージをくれる。

ついさっきお姉さんから『ゆるいお姉さんシリーズ』のスタンプで『今から帰るよ！』と連絡がきたばかりだから、僕より早く家に着いているとは考えられない。

直感的に、嫌な予感がした――。

「まさか……泥棒？」

セキュリティがしっかりしているマンションとはいえ、可能性はゼロじゃない。

たまにテレビで放送される『犯罪密着二十四時』みたいなドキュメンタリー番組では、素人には想像もつかないような方法で住宅に侵入するプロの手口が紹介されたりする。

部屋に大量の現金があると知った泥棒が侵入したのでは？

だからあれほど現金を家に置かない方がいいですよって言ったのに……いや、今はそんなことを考えていても仕方がない。まずは状況を確認しないと。

僕はスマホを取り出して朱音さんに電話を掛ける。

『瑛太君？　どうかしましたか？』

「朱音さん、今からお姉さんのマンションに来れますか？」

『四条さんのマンションですか？』

「今帰ってきたんですけど……玄関に見慣れない靴があって」

『……わかりました！　すぐに向かいます！』

それだけで事情を察してくれたんだろう。

通話を切り、僕はスマホをポケットにしまい考える。

朱音さんが来るまで待った方がいいか……でも、そうこうしている間に逃げられないとは限らない。ここは最上階だけど、プロならどこからでも逃げられるだろう。

「中の様子を窺ってみるか……」

再度カードキーをかざして鍵を開け、ドアノブに手を添える。

ゆっくりとドアを開け、改めて玄関にあるパンプスを確認しながら思う。

パンプスということは女性。だとしたら僕一人でもどうにかなるかもしれない。

部屋に上がってリビングの中を覗くと、一人の女性がソファーに座っていた。

「誰――？」

黒いスーツを着た女性が鋭い目つきで僕を睨みつける。

あまりにも力強い視線に貫かれ、蛇に睨まれた蛙みたいに身体が竦んだ。

「あ、あなたこそ誰ですか……不法侵入で警察を呼びますよ」

「不法侵入はあなたの方でしょう？　どうして学生がこの部屋にいるのよ」

「ぼ、僕の方……？」

お互いの主張が嚙み合わない違和感を覚える。

まるでお互いがお互いを不審者だと言い合っているような印象。

よく見てみると、女性はしわ一つないきっちりとしたスーツに身を包んでいて、長い髪もきれいにまとめている。手荷物はバッグ一つで、部屋を荒らした形跡も見当たらない。

どこからどう見ても泥棒には見えなかった。

すると、僕の頭に一つの可能性が浮かぶ——。

「もしかして、お姉さんの知り合いですか？」

「お姉さん？　沙織のことを言っているの？」

その一言で、僕の中の警戒心が解けるのには充分だった。

やっぱりそうだ——この人はお姉さんの知り合い？

改めてどちらさまか尋ねようとした時だった。

「瑛太くん！　ただいまー！」

玄関からお姉さんの元気な声が響く。

ばたばたと廊下を走る音とともに、お姉さんがリビングへやってきて。

「今日はお仕事が早く終わったから、たまには外食でも——⁉」

言いかけて、お姉さんの動きがピタリととまる。

次の瞬間、顔色がびっくりするくらい青ざめた。

「ななな、なんで知華ちゃんが……ここに？」

「沙織、どういうことか説明してくれるかしら？」

「え、えっと……」

知華と呼ばれた女性はお姉さんを睨み、お姉さんは冷や汗をだらだらかきながら視線を逸らす。まるで親に秘密がばれた子供みたいに挙動不審だったんだけど。

「瑛太くん――逃げよう！」

お姉さんは不意に僕の腕を服の上から掴んで部屋を出ようとする。

だけど、その行く手を遮ったのはまさかの人物だった。

「瑛太君！　泥棒はどこですか！」

タイミング良くというか悪くというか、玄関のドアを開け先には朱音さんの姿。

「あああああああああああああ！」

声にならない声を上げて悶えるお姉さん。

朱音さんと黒いスーツの女性に挟まれた僕らに逃げ場はない。

事情はわからないけれど、なんだかとても面倒なことになったような気がした。

「まさか高校生を連れ込んでいるなんて、夢にも思わなかったわ……」

「つ、連れ込んでいたわけじゃないもん！」

頭を抱える知華さんの前で、僕とお姉さんは正座をさせられていた。

ついでになぜか、駆け付けた朱音さんも借りてきた猫みたいに一緒にいる。

さっきから『わたし、ここにいていいんですか……？』的な視線をめちゃくちゃ感じるんだけど、今はそれどころじゃない気がするので大人しくしていてください。

「最近やたら仕事を一生懸命しているし、終わるとすぐに帰ろうとするから男でもできたんじゃないかと思って様子を見にきてみれば……よりにもよって未成年が相手だなんてね」

「う、うぬぅ……」

額に手を当てて呟く知華さんは、怒るどころか呆れたといった印象。

そんな知華さんに対し、お姉さんはなにも言い返せずに唸っていた。

「あの……お姉さん。こちらの方は――⁉」

口にした瞬間、貫かれるような視線を向けられて思わず口を閉ざす。

最初に目が合った時も思ったけど、知華さんの瞳には言葉にし難いすごみがある。目は口ほどに物を言うなんていうけど、瞳から向けられる黙りなさいという無言の圧力が凄まじい。

しばらく大人しくしておいた方が身のためだと思ったんだけど。

「この人はお姉さんが所属する事務所の社長さんで、五十嵐知華ちゃんていうの」

さすがに驚いて声を上げると、更に厳しい視線が向けられた。

見るもの全てを凍り付かせるような冷酷な視線が物語っている——次はないと。

「す、すみません……」

でも……驚きもするよ。

芸能事務所の社長といえば、勝手な想像だけど年齢が高い人をイメージする。だけど知華さんは見た感じずいぶん若い。たぶんお姉さんと変わらないくらいの年齢だろう。

しかもすごくきれいだし、女優仲間と言われた方が納得できる。

「それで？　どういうことか説明してもらえるかしら？」

「は、はい……」

逆らえるはずもなく、僕とお姉さんは一緒に小さくなりながら事情を話し始めた。

一年前に僕がお姉さんを痴漢から助けたこと。それ以来、僕のアルバイト先にお姉さんがよく買い物に来ていて見知った仲だったこと。家も仕事も失ってお姉さんに養ってもらうことになった経緯や、父さんの承諾を得てお姉さんが保護者になったこと。

説明していると長くなってしまい、気が付けば三十分近くが経過していた。

「なるほどね……」

話し終わると、知華さんは難しい顔をしていた。

「沙織、あなたこれからどうするつもりなの？」

「どうするもなにも……これからも瑛太くんと一緒に暮らすつもりだけど」

「あなた、自分の立場をわかってるわけ？」

「う、うぬぅ……」

「うぬぅ、じゃないわよ」

「はい……」

お姉さんは更に肩を竦ませる。

「保護者になって法律的に問題がないといっても、このことがマスコミにばれたらどうなると思う？　未成年の男の子と同居なんて、あることないこと書かれるに決まってるわ」

「それは……でも、ばれないようにするもん！」

お姉さんにいつものクールさはなく、怒られた子供っぽい感じで声を上げる。

駄々をこねるお姉さんを見つめながら、知華さんは深い溜め息を漏らした。

「ばれないようにって……ちょっと前のあなたならまだしも今は人気女優なの。いつどこで週刊誌の記者が張っているかもわからない。もしばれてスキャンダルになったりしたら、いくつも契約が解除になる可能性がある上に、違約金だっていくらになるかわからない」

「うぬぬぅ……」

「たぶん、数億は下らないわよ」

「す、数億……」

さすがのお姉さんも絶句した。

でも知華さんの心配は最もだろう。

僕や朱音さんも同じ心配をしていたんだから当然だ。

「どうして一言、私に相談しなかったの？」

「相談したら、絶対に怒られるでしょ……」

「子供みたいな言い訳してるんじゃないわよ」

「だってぇ……」

お姉さんと話していても埒があかないと思ったんだろう。

知華さんは僕に視線を向けてくる。

「一ノ瀬瑛太君だったかしら？」

「は、はい」

「一年前、あなたが沙織を痴漢から助けてくれたことについては、事務所の社長としてお礼を言わせてもらうわ。あなたが助けてくれていなかったら、今頃沙織はどうなっていたかもわからない。本当にありがとう。感謝してもしきれないと思っているわ」

「いえ……」

「でも――それとこれとは話が別よ」

穏やかな口調から一転、厳しく言い放つ。

「お父様の件は気の毒に思うけれど、あなたみたいな子供を預かってくれる公的な施設はいくつもあるでしょう？　なにも沙織のお世話にならなくても、そういうところに相談するという方法もあるわ」

知華さんは淡々と僕に語り続ける。

その言葉の端々から、僕とお姉さんを遠ざけたいのが伝わってきた。

それは仕方がないことだと思う。事務所の社長ともなれば所属する女優に万が一にもスキャンダルなんて起こさせたくないし、未成年と同居なんて許可できないだろう。

ましてや、お姉さんは好感度ランキング一位の超人気女優。

僕が知華さんの立場だったら、きっと同じことを口にする。

「厳しいことを言うようだけど、できるだけ早いうちに部屋を出て――」

「知華ちゃん！」

知華さんがそこまで言いかけた時だった。

不意にお姉さんが知華さんの言葉を遮る。

「知華ちゃんがなんて言おうと、私は瑛太くんと離れないから」

「……お姉さん」

お姉さんは強い意志を持って知華さんを見据える。

その表情は、普段のお姉さんからは想像できないくらい真剣だった。

「私が瑛太くんを部屋に連れてきて、勝手に保護者になって一緒に暮らしてもらってるの。瑛太くんはなにも悪くない。なにがあっても、私たちは離れ離れになったりしない」

お姉さんは一言一言噛みしめるように口にする。

「それだけじゃない……瑛太くんのおかげで荒れ放題だった部屋も片付いたし、毎日お料理だってしてくれる。この前は遅刻しちゃったけど、いつも私が仕事に遅れないようにお見送りしてくれたり……瑛太くんがいなかったら、私はずっとダメなままだった」

すると知華さんは思い出したように部屋を見渡した。

なんだか信じられないといった様子で辺りと僕を交互に見つめる。

「確かに、沙織の部屋が妙にきれいで気にはなっていたのよね。三人目のお手伝いさんが逃げ出してから次は見つかってないって聞いていたし……あなたが片付けたの？」

「はい。お世話になるかわりに、家事をやらせてもらっているんです」

「へぇ……あの汚部屋を片付けるなんて、なかなかやるわね」

「なかなかどころじゃないもん！　瑛太くんはプロのお手伝いさんですら匙(さじ)を投げた私の部屋を、ずっときれいに保ってくれてる。プロ以上といっても過言じゃないんだから！」

いや、待ってお姉さん。

今はそんなことをドヤ顔で言っている場合じゃないです。

そんな僕の心配をよそに、その後もお姉さんは僕がどれだけ家事が万能で、どれだけ今の生活が大切かを語ってくれる。終いには『ご飯が美味しいから食べてって！』とか誘う始末。

知華さんはそんな話を変わらず厳しい表情で聞いていた。

話が終わり、しばらく無言のやり取りが続き——。

「わかったわ」

知華さんは、嘆息交じりに口にした。

「とりあえず、今日は事情がわかっただけでもよしとしましょう。この件については改めて話し合う場を設けるから、それまでは絶対にばれないように注意して」

「知華ちゃん……ありがとう」

お姉さんは知華さんに近づき、感極まったように手を握る。

「別に認めたわけじゃないわ。でも、沙織は一度言い出したら聞かないでしょう？　それにデメリットばかりというわけでもなさそうだし……検討してみるわ」

なんだか含みのある言い方が少し気になる。

だけどひとまずはよし……ってところかな？

「今日はこの辺で失礼するわ。これ、私の名刺よ。なにかあれば連絡して」

「ありがとうございます」

差し出された名刺に目を向けると、家のようなロゴと一緒に『セカンドハウス』という社名が書かれている。その横に、代表取締役社長という肩書とともに知華さんの名前があった。

へぇ……お姉さんの所属事務所って、セカンドハウスっていうんだ。

「ああ、それと――」

知華さんは思い出したように足をとめ、不思議そうに朱音さんに視線を向ける。

「あなた、どこかで見覚えがあると思ったら、結構名の知れたコスプレイヤーよね？　どうして警察官のコスプレをしてこんなところにいるの？」

「「え……？」」

思わず僕らの声が重なる。

「わたしのこと、ご存じなんですか？」

「ええ。仕事柄いろいろ見聞きする機会はあるし、最近はその手の活動をしている人を所属させる芸能事務所も増えてきているから」

確かに最近、テレビでコスプレイヤーを見かけたりする機会はたまにある。

むしろネットなんかでは芸能人顔負けに活動する人たちもいるだろう。

「それで、どうして？」

「あの……わたしは確かにコスプレイヤーですけど、本業は警察官なんです。四条さんが痴漢に襲われた際に、二人の事情聴取をしたのが私だったんですけど……今日は瑛太君から連絡をもらって来たんですが、なし崩し的に居合わせることになってしまったというか……」

「じゃあ、あなたにも名刺を渡しておくわ。警察官が個人の情報を漏らすとは思っていないけど、念のため――間違っても口外しないでね」

そう口止めすると、知華さんは部屋を後にしたのだった。

「どうしてみんな、わたしの警察官姿をコスプレだと思うんでしょう……？」

たぶん、きれいすぎて制服姿が浮いているんだと思います。

さすがにお姉さんの前では言えないけど、ぶっちゃけ理由の九割はそうだと思う。

けっこう前に仕事をしているきれいな女性を『美しすぎる○○』って表現するのが流行ったけど朱音さんがまさにそれ。当てはめるなら美しすぎる警察官。

「じゃぁ、わたしも帰りますね。なにかあれば、また連絡してください」

「はい。お騒がせしました」

「それと四条さん――」

僕に向けていた笑顔を一変させてお姉さんを見据える。

「瑛太君と二人きりだからって抜け駆け……じゃなくて、変なことしないようにしてくださいね。いくら保護者でも、やることやったら淫行条例違反で逮捕しますから」

「歩く猥褻物陳列罪に言われる覚えはないわ」

「わたしのどこが歩く猥褻物陳列罪なんですか！　こちらこそ言われる覚えはありません！」

「へぇ……そんなこと、この写真を瑛太くんに見られても言えるのかしら？」

お姉さんが掲げたスマホの画面を見て朱音さんが絶句する。

「ど、どこでその写真を――！」

朱音さんの驚きようから、猥褻物陳列罪に引っ掛かりかねない画像らしい。

たぶん例のきわどいコスプレ衣装を着ている画像なんだろうけど、確かに露出の多い格好だとしたら、場所が場所なら逮捕はともかく職務質問は免れない。

こんな時になんだけど、ちょっと見てみたい。

「まったく……近頃の警察官は困ったものね。仕事を口実に雌の顔をして未成年にすり寄るだけじゃなく、隠れてこんなはしたない格好を晒しているんだもの。警察も身内に露出魔がいるなんて思ってもいないでしょうから、親切な私が警察署にメールしてあげてもいいのよ？」

「そ、それだけはやめてください！」

「嫌ならさっさと帰りなさい」

「その前に写真を消してください！」

スマホを奪おうとする朱音さんと渡すまいとするお姉さん。

わちゃわちゃと揉み合う二人の間に割って入るんだけど、ヒートアップした二人をとめるのは至難の業。まるで三人でおしくらまんじゅうでもしているような光景が繰り広げられる。

それでもなんとか二人を引き離す。

「まぁまぁ……そのくらいにしておきましょう」

知華さんの件もあって、今は二人の揉め事にエネルギーを割く気力がない。

二人をなだめてから、朱音さんを強引に玄関まで連れていく。

「今日はすみませんでした」

「いえ。なにかあれば連絡してくださいね。二十四時間駆けつけますから！」

「はい。ありがとうございます」

心配してくれる朱音さんを見送ってリビングに戻る。

すると、お姉さんがソファーの上で膝を抱え負のオーラを放っていた。

知華さんにばれてしまったことを気にしているらしく、わかりやすく落ち込んでいた。

「ごめんね……瑛太くん」

「いえ。謝ることなんてなにもないですよ」

「まさか知華ちゃんが部屋に来るなんて思わなくて……」

「僕もびっくりしました。帰ってきたら玄関に見慣れないパンプスがあったので」

「知華ちゃんにはお部屋のカードキーを渡してあるの。なにかあった時に困るからって。いつも来る時は前もって連絡をくれるんだけど……たぶん怪しいと思って抜き打ちで来たんだと思う。まさかこんなことになるなんて……返してもらっておくんだったな」

「いいんじゃないですか？　遅かれ早かれ、いずれはばれていたと思いますし。それこそ知華さんが言うように、マスコミにばれる前に知華さんにばれたのは幸いだったと思います」

そう言いながら、お姉さんはすがるように僕の袖をきゅっと摑む。

二人の時は基本的にクールで穏やかなお姉さんだけど、知華さんの前では子供っぽかったような気がする。気心が知れた相手の前ではあんな感じなのかな？

お姉さんには申し訳ないけど、新しい一面を見られて少し嬉しい。

「でも安心して。どんなことがあっても、お姉さんは瑛太くんと一緒だから！」

その言葉に、僕は少しだけ安心したのだった。

◇お姉さんの日記◇

あああぁ！　知華ちゃんにばれちゃったよおおぉ！

まさか家に来るなんて思わなかった。ばれたら絶対に反対されると思ったから秘密にしてたのに……とりあえず理解はしてくれたみたいだけど、これからどうなるんだろう。

どれだけ反対されても、瑛太くんとはお別れしないけどね！

でもまぁ、瑛太くんの言う通り早めにばれてよかったのかな。

それと……知華ちゃんには瑛太くんとの馴れ初めは全部話したけれど、一つだけ話していないことがあるんだよね。

それは、瑛太くんのお母さん――水咲美雪さんのこと。

話せばきっと、知華ちゃんも理解してくれると思う。

でもそれは、瑛太くんに私の秘密がばれることを意味している。

いつか話さないといけないと思っているのに、私にはまだその勇気がない。

……どうしたらいいんだろう。

第4話　お姉さんの事務所の社長に連行されました。

知華さんが部屋に来てから数日後——。

僕とお姉さんは、いつもと変わらない日々を過ごしていた。

一時はどうなることかと思ったけれど、あれ以来、知華さんから連絡はない。

唯一変化があったとすれば、お姉さんの仕事が更に忙しくなったということ。

ドラマの撮影シーンによっては朝早く出かけることもあれば、逆に夜は日をまたいで帰ってくることもある。結果、不規則な生活になり体力と睡眠時間が削られていく。

ただでさえすぐ寝てしまうお姉さんの睡眠時間が減るとどうなるか？

ご飯を食べながら寝てしまったり、朝なかなか起きてこなくて寝坊しかけたり。

それだけならまだましで、この前なんて終電で寝てしまい気が付いたら見知らぬ土地で、タクシーもなくて帰れないと泣きながら電話が掛かってきた。僕がこっちでタクシーを拾って迎えに行ったんだけど、往復で二万を超えたのはさすがにびっくり。

しかも疲れているせいか、クールで穏やかなキャラはなりを潜めてダウナーキャラになっている。今日もダルそうにしつつフラフラしながら家を出ていった。

「家事以外に、なにかできることはないかな……」

僕にできることなんて、たかが知れていると思う。

それでも、少しでもできることがあるなら力になりたい。

気が付けばアルバイト探しも忘れて考えていたけれど――うん、それでいいと思う。今は自分のことよりも、お姉さんのお世話を優先したいというのが本音。

そう思った僕は授業もそっちのけで考え続け、一つの案を思いつく。

たぶんこれなら、多少なりともお姉さんの力になれるはずだ。

ただ、問題が一つ――そのためには、知華さんに連絡をしないことには始まらない。

正直、知華さんに電話をするのはちょっと躊躇ってしまう。

僕らの同居をよくは思っていないはずだし、あの厳しい視線を思い出すだけで蛇に睨まれた蛙のような気分になってしまい、連絡をしようとスマホを操作する手がとまってしまう。

でも、今のお姉さんを見ていたらそんなこと言ってられない。

お昼休み、僕は知華さんから貰った名刺を手に屋上に来ていた。

「よ、よし……」

僕は覚悟を決めて電話番号を入力し、発信ボタンを押す。

数回のコールの後、めちゃくちゃ不機嫌そうな声が響いた。

『……もしもし』

「あ、あの――五十嵐知華さんのお電話ですか？」

『そうですけど……誰？』

「一ノ瀬瑛太と申しますが……」

『……一ノ瀬？　ああ、沙織の男ね』

「えっと……その表現は若干語弊があると思います」

『急にどうしたの？』

「はい。えっと……実は知華さんに聞きたいことがありまして」

『聞きたいこと？　仕事中だから手短にお願いできるかしら』

「お姉さんの仕事のスケジュールを教えてもらいたいんです」

　電話の向こうで、一瞬の間があった。

『――どういうことかしら？』

「最近、お姉さんが仕事ですごく疲れていると感じていて……僕にできることはないかなって思ったんです。お姉さんの仕事のスケジュールを教えてもらえれば、いろいろサポートみたいなこともできるかなと思って……」

『………』

　なんだろう……この間が怖い。

『沙織に直接聞けばいいんじゃない？』

「お姉さんに聞いても、遠慮して教えてくれないと思ったので」

『なるほどね……わかったわ。メッセージで送るから』

「ありがとうございます！」

『いいえ。こちらこそよろしく』


通話を切った瞬間、思わず安堵（あんど）の息が漏（も）れる。

すごく緊張したけど、案外あっさり教えてもらえたな。

電話一本かけるだけなのにすごくエネルギーを使った気がする。

「とりあえず、よしってところかな――？」

なんて思った時だった。

僕のスマホに一件の通知が表示される。開いてみると知華さんからのメッセージで、そこにはお姉さんの撮影スケジュールが事細かに記されていた。さすがに仕事が早すぎる。

でも、これで少しでもお姉さんの力になれると思うと嬉（うれ）しかった。

ω

翌日から教えてもらったスケジュールを基に、お姉さんのサポート生活を始めた。

知華さんが教えてくれたのは二週間分の撮影時間と撮影場所。

仕事の予定がわかることで、朝早ければ余裕をもって起こしてあげられるし、僕より後に家を出る時は電話やメッセージでリマインドしてあげることもできる。

終わり時間がわかれば帰宅に合わせてご飯の準備をしてあげられるし、撮影場所が近くなら最寄りの駅まで迎えに行ってあげることもできるだろう。

更に言えば、お姉さんは電車の乗り継ぎが苦手らしく、過去何度か乗り間違えて遅刻をしてしまったらしいので、事前に乗り換え案内を送っておいたりした。

多少の効果はあったのか、始めてから一度も遅刻はないらしい。

お姉さんも喜んでくれているし、やってみてよかったと思う。

そんな生活をしばらく続けたある日——。

「瑛太～。たまには寄り道して帰ろうぜ～」

授業が終わった放課後。

僕が帰り支度をしていると、輝翔(きしょう)が緩(ゆる)い感じで誘ってきた。

「今日は帰って家事を終えたら、お姉さんを仕事場の近くまで迎えに行こうと思ってるんだ。あまり時間に余裕がなくて……またにしてもらえると助かる」

「そりゃ残念。また誘うから気にするな」

「悪いね。せっかくだから途中まで一緒に帰ろうか」

僕らは一緒に教室を出て、正面玄関へ向かいながら会話を続ける。

「その後、お姉さんとは上手くやってるのか？」

「うん。おかげさまで」

「お姉さんが逮捕されたって聞いた時はどうなるかと思ったけど、今じゃ瑛太の保護者ってんだから驚きだよな。でもまぁ、親友としては安心したぜ」

「そう言ってくれると嬉しいよ。輝翔には迷惑をかけたからね」

「気にするな。なんだかんだ、こっちも楽しませてもらってるしな。時間がある時にまたお姉さんの家に遊びに行くよ。お姉さんに瑛太の中学時代の写真もあげないとだしな」

それはちょっとやめて欲しいけど。

「しばらく先になると思うけど、お姉さんにも伝えておくよ。最近は仕事が忙しいみたいで、僕も家事だけじゃなくていろいろサポートをしてるんだ」

「サポート？」

頭に疑問符を浮かべる輝翔に、僕は軽く最近の事情を説明した。

先日、お姉さんの所属する事務所の社長が部屋にやってきて、僕らの同居生活がばれてしまったことや、ひとまずは理解してもらえたこと。最近お姉さんの仕事が忙しくなったこともあり、社長からお姉さんのスケジュールを教えてもらってサポートを始めたことなど。

すると輝翔は神妙な顔で口にする。

「なんか専業主夫っていうより新婚夫婦みたいだな」

「新婚夫婦……」

そんな養われレベルが高い例えをしないでもらいたい。

でも、そう言われて考えてみると否定できない。毎日お風呂とご飯の用意をしてお姉さんの帰りを待っている自分を思い返すと、立場が逆なだけでやっていることはその通り。

……まさか僕は、知らず知らずのうちにお姉さんの願望を体現しているのでは？

自分の将来に若干の不安を覚えながら校門を出ると、一台の車が停まっていた。

「なんでこんなところに車が停まってんだ？」

「確かに……見慣れない車だね」

どこのメーカーかはわからないけれど、見るからに高そうな黒塗りの車。

誰かの親が子供を迎えにきたんだろうか？　親が戦地で絶賛行方不明中の僕には縁のない話だな、なんて思いながら通り過ぎようとした時だった。

ドアの窓が開き、見知った顔がこちらに視線を向けてくる。

「え？　知華さん……？」

運転席にいたのは知華さんだった。

「瑛太……あの人知ってるのか？」

輝翔も僕らに向けられる視線に気づいたらしく、声を落として尋ねてくる。

「お姉さんの事務所の社長で、五十嵐知華さん」

「あの人が社長⁉」

輝翔は驚いた様子を浮かべると、声を落として羨ましそうに呟く。

「……ずるいだろ」

「ずるい？」

「なんでおまえの周りってきれいなお姉さんばっかり集まるんだよ⁉」

胸倉を掴みながら悲しそうに言われても……僕だってわからない。

実は輝翔には、社長がきれいな女性だということはあえて話していなかった。

年上が大好きすぎる輝翔に話をしたら、絶対に面倒なことになるのがわかっていたから……

まさか数分でばれるとは思いもしなかったけど。

そもそも僕と知華さんの間柄は輝翔が羨ましがるようなものじゃない。

「でも、さすがに社長ってだけあって知的な感じの女性だな」

「知的な感じだけじゃなくて、実は怖いところもあるんだよ」

「怖い？　年上の女性にいじめられるなんてご褒美みたいなもんだろ？」

全くもって理解できない輝翔の趣味を聞かされてテンションが下がる。

まぁでも……あとでいろいろ言われる覚悟はしておこう。

輝翔の手を振り払って車に近づくと。

「少し時間あるかしら?」

知華さんがそう声を掛けてきた。

「えっと……少しでしたら。この後、お姉さんのお迎えに行こうかなって」

「それならちょうどよかったわ。乗って」

ちょうどよかった?

「ごめん輝翔、詳しい話はまた今度するから」

「ああ。また後でな」

輝翔に別れを告げて助手席に乗り込むと、知華さんはすぐに車を出した。

「「……………」」

しばらくお互いに無言のまま車は走り続ける。

この無言が怖い……まさかこのままお姉さんと引き離されてしまうんじゃないか? それとも児童相談所に連れていかれて、強制的に別居させられてしまうとか?

流れていく景色に目を向けながら、不安で変な想像ばかりが頭を巡る。

「突然押しかけて悪かったわね」

「いえ……どうしたんですか?」

「ちょっと二人で話がしたくて」

なにを言われるのか、身構えた時だった。

「結論から言うわ――沙織のマネージャーをやるつもりはない？」

「……はい？」

思わず耳を疑う。

「えっと……すみません。もう一度お願いできますか？」

「沙織のマネージャーをやってみないかって聞いたのよ」

やっぱり聞き間違いじゃなかったらしい。

一ミリも予想していなかった言葉を投げつけられた。

「まぁ、いきなりこんなことを言われても困ると思うから詳しく説明するわ」

「ぜひお願いします……」

「あなたも薄々気付いているとは思うけれど、沙織にはマネージャーがいないのよ」

「やっぱり……そうなんですね」

そんな気はしていた。

お姉さんは基本的に一人で撮影に向かい一人で帰ってくる。

スケジュールは知華さんが連絡をしているらしいけど、他に同行するような人はいない。少なくとも出会ってからの約二ヶ月、一度もそれらしき人の存在は見えなかった。

だからもしかしたら、マネージャーがいないのかなって。

「うちの事務所、昔はタレントも社員も多かったんだけど、いろいろあって今は社長の私と女優の沙織の二人だけなの。だから沙織に付けてあげるマネージャーがいないのよね」

知華さんは嘆息気味に口にする。

「それなら人を雇ってマネージャーを付けてあげればいいって思うかもしれないけど、なかなかそうもいかなくてね。あなたも二ヶ月も沙織と一緒にいるならわかると思うけど、あの子は適当なところとか気分屋なところがあって扱いが難しいのよ」

「確かに、そういうところはあるかもしれませんね」

特に気分屋っていうのはわからなくない。

普段はクールで穏やかな感じなのに、テンションが上がると子供っぽくなるし、たまにお互いの認識に齟齬があっておかしなことをしたりするし、僕もたまに困る時がある。

まぁそれがお姉さんの魅力だとは思うけど。

「それでも何度かマネージャーを付けてあげたんだけど……マネージャーの方が音を上げて辞めてしまってね。辞表を出してくれる人はまだマシで、中には『もう無理です……』って書置きを残して失踪した人もいるし、ある日突然連絡が取れなくなった人もいるの」

もう無理ですって書置きか……お姉さんの部屋に来た初日、部屋が汚すぎて似たような書置きをして逃げ出したお手伝いさんの件を彷彿とさせる。

「沙織に悪気があるわけじゃないから責めるわけにもいかなくて……」

悪気があるわけじゃないっていうのがよくわかる。

本人としては頑張っているつもりだったり、一生懸命やってるつもりだったりすると、いくらできないからと言って注意するのも気が引ける。お姉さんはその典型だろう。

「その点、あなたは沙織からずいぶん気に入られているみたいだし、沙織もあなたの言うことならちゃんと聞くみたいだし。今にして思えば一年くらい前から妙に仕事を頑張りだしたんだけど、あなたと出会ったことで沙織は変わったのね……」

確かお姉さんもそんなこと言っていたっけ。

僕と出会ってから、僕になにかあった時は力になろうと思うと頑張れたって。

改めて思い出してみても嬉しいような恥ずかしいような、ちょっと複雑な気分。

「あなたが私にスケジュールを聞いてきてから、沙織はほぼ完璧に仕事をこなしてくれてる。むしろ前より頑張ってくれているくらいよ。少なからず、あなたがサポートをしてくれているおかげなのは間違いないわ」

「そう言っていただけて光栄です」

正直言って素直に嬉しい。

ずっと一人だったから誰かに面と向かって褒められることなんてほとんどなかったし、知華さんの目から見て僕のサポートに意味があったということなんだから。

「でも、僕にマネージャーなんて無理ですよ」

そう思うのが本音だ。

「僕はただ、少しでもお姉さんの力になれたらと思っただけですから」

「仕事内容を不安に思っているなら心配ないわ。マネージャーといっても今までみたいに沙織のスケジュール管理と付き添い。今してもらっていることに少しだけ仕事が増える感じだし、わからないことがあればちゃんと教えてあげるわ」

「………」

どうしたらいいんだろう。

一度は僕らの同居を反対していた知華さんが、僕にこうしてマネージャーを持ちかけてくるということは、少なからず僕らのことを認めてくれていると受け取っていいんだろう。

引き受けることで、僕とお姉さんの関係も今よりよくなるのかもしれない。

でも……マネージャーか。本当に僕なんかに勤まるんだろうか？

「すぐに答えを出してとは言わないから考えてみて」

「はい……すみません」

「謝ることなんてないわ。ただ沙織にはこの話、黙っていてもらえるかしら？　どうなるかわからないのに変に期待させても悪いしね」

「わかりました」

「さぁ——着いたわよ」

顔を上げると、車は見慣れない場所に到着していた。

どこかの公園だろうか、緑に色付いた木々の景色が目に飛び込む。車から降りて知華さんに付いて行くと、舗装された通路の先に人だかりができているのが見えた。

「ここは……？」

「今日、ここで沙織がドラマの撮影をしているのよ」

「ここで？」

「せっかくだから見せてあげようと思って」

「僕が一緒に行っていいんですか？」

「大丈夫よ。付いてきて」

撮影をしている集団に近づいて行く知華さんの後を追う。

すると遠目に、スタッフと話をしているお姉さんの姿が目に留まった。

「社長。来られたんですね」

小走りで近づきながら声を掛けてきたのは中年の男性だった。

「はい。ちょっと近くに来たので、うちの沙織がちゃんとやっているかと思って」

「心配されなくても大丈夫ですよ。ここ最近は芝居にも熱が入っていると思います。いい女優さんを持たれましたね」

「もう少しムラっけがなくなればいいんですけどね」

「確かに。それはあるかもしれません」

二人はそう言って笑い合う。

「ところで、こちらの学生さんは？」

「ちょっとした知り合いの息子さんなの。社会見学ってことで撮影に立ち会わせてもらってもいいですか？　邪魔はさせないので」

「もちろんです。向こうに席を用意しますから」

男性に案内をされて集団に近づいた時だった。

「え……？」

お姉さんと目が合った。

「……瑛太くん？」

僕に気付いたお姉さんが台本をぽとりと落とす。

なにが起きたか理解できないらしく目を丸くしているお姉さん。

スタッフに声を掛けられてもガン無視でこっちを凝視している。しばらくすると我に返ったのか、笑顔を浮かべながら僕に駆け寄ってきたんだけど。

直前で思いっきり躓いた。

「あぶないーーー！」

とっさにお姉さんを抱き留めようと手を伸ばす。

ギリギリ抱き留められたんだけど、結果的にはギリギリアウトだった。

「なんで……瑛太くんが、ここに……？」

「質問しながら気を失わないでください！」

抱き留める瞬間、直で触ってしまい気絶するお姉さん。

そんな僕らを見てざわつく撮影スタッフ。

こうして撮影は一旦中止になったのだった。

なんだか本当にごめんなさい……。

お姉さんの気絶により、撮影は急遽休憩をはさむことになった。

しばらくするとお姉さんは目を覚ましたんだけど、現実と夢の区別がつかないような感じで首を傾げながら僕の身体をペタペタと触り『夢じゃない……？』と呟く。

僕に触れて現実だと確認するのはいいけど、直接触らないように気を付けてくださいね。

コンビニで初めて僕に触れた時みたいに気絶ループを繰り返されても困る。

「どうして瑛太くんがここに？」

「学校帰りに知華さんに誘われて、連れてきてもらったんです」

「そうなんだ……お姉さん、びっくりしちゃった」

「すみません。驚かせた上に撮影もとめてしまって」

「気にしないで。瑛太くんに会えて嬉しいわ」

言葉の通り笑顔を浮かべて上機嫌。

「具合は大丈夫ですか？」

「ええ。心配かけてごめんなさい」

「無理しないでくださいね。疲れが溜まってるんですから」

「大丈夫よ。撮影もあと少しで終わりだし頑張らないとね！」

お姉さんは胸の前で小さくガッツポーズする。

「撮影が全部終わったら、少しのんびりしたいですね」

「そうね。瑛太くんとお出かけもできてないし」

「近場に旅行とかいいかもですね」

なんて思いつきで口にすると。

「旅行……？」

お姉さんは首を傾げながら小さく呟く。

「そうね！　旅行に行きましょう！」

名案とでも言わんばかりに目を輝かせる。

「言っておいてなんですけど、スケジュールとか大丈夫なんですか？」

「大丈夫よ。撮影が終われば一泊くらいする余裕は取れると思うから」

「一泊——⁉」

まさかのお泊まり前提だった。

「瑛太くんとの旅行を想像したら、なんか元気が湧いてきちゃった。瑛太くんはいつもそう。お姉さんが大変な時や疲れている時にいつも元気をくれる。本当にありがとうね」

「いえ……そんなことないですよ」

「ううん。あるよ」

そんな笑顔で面と向かって言わるとちょっと恥ずかしい……。

「よし！　お姉さん、もうひと頑張りしてくるから瑛太くんはそこで見ててね！」

お姉さんは手を振りながら、小走りでスタッフの下へと戻って行った。

「お姉さんとお泊まり旅行……」

ぽろっと口から出た言葉に、こんなに食いつくとは思わなかった。

どうしよう……お姉さんと一緒にお泊まり旅行とか、想像するだけでちょっとやばい。

僕は父さんがあんな感じだから家族旅行もしたことがないし、旅行なんて修学旅行しか行ったことがない。お姉さんと一緒とか……部屋が一緒だったら期待せざるを得ない。

なんて……なにを考えているんだ僕は！

頭をガシガシしながら妄想に悶えていると、すぐに撮影が再開した。

内容はさっぱりわからないけれど、たぶんいい感じのシーンの撮影なんだろう。

緑あふれる公園の中心で、お姉さんと俳優さんが西日を浴びながら見つめ合っている。

監督が合図を送った瞬間だった——。

僕は目にした光景に、思わず息を呑んだ。


空気が変わるような感覚を覚えると同時、不意にお姉さんの瞳から涙が流れる。

身に纏う雰囲気も、魅せる表情も——その全てが別人のよう。

台詞を口にする声音や仕草も……その全てが僕の知っているお姉さんとは違う。僕が今目にしているのは、本当にあのお姉さんなんだろうか？

なんて言葉にしていいかわからない『すごさ』を感じずにはいられない。

張り詰める緊張感の中、僕は迫真の演技が終わるまでお姉さんに見蕩れていた。


「どう？　女優としての沙織は」

「……知華さん」

撮影がストップし、知華さんから声を掛けられて我に返る。

「いや、僕には演技のことはわからないですけど……なんていうか、すごいですね」

「そう。あの子はすごいのよ」

知華さんはわずかに口角を上げて続ける。

「同年代の女優では間違いなくトップクラスの演技力。子役の頃からすごいとは思っていたけれど、年を重ねるごとに演技力がどんどん磨かれているわ。中には子役の頃は上手くても大人になって平凡な女優に落ち着く人もいるけれど、あの子はちょっと次元が違う」

演技に疎い僕でも、こんなものを見てしまえばその意味がわかる。

お姉さんの演技のすごさを証明するように、スタッフの人たちも絶賛していた。

「普段は抜けている時もあるし、相変わらず子供っぽいところもあるけれど、一度スイッチが入れば完璧に役をこなすの。まぁ、気分屋だからスイッチを入れるのが大変なんだけど、今日はあなたを連れてきて正解だったみたいね。きっといいところを見せたいんでしょう」

嬉しそうに語る声音は、まるで出来の悪い妹を見守る姉のよう。

怖そうに見えた第一印象とはずいぶん違い、その瞳は優しさに溢れている。

「本当……あの若さで恐れ入るわ」

その言葉が僕の中で引っ掛かる。

「知華さんだって若いですよね？　お姉さんと同じ歳くらいだと思ってましたけど」

口にしておいてなんだけど、そもそも僕はお姉さんの年齢を知らない。

お母さんと一緒にドラマで共演した時、作中では確か小学二年生の役だった。

実年齢だとしたら七歳か八歳だけど、必ずしも実年齢とは限らないいんじゃないかな。ドラマや映画だと成人している人が高校生役をやったりしているし。

あれから十七年……たぶん二十代前半だとは思うけど。

なんて思いながら知華さんに視線を向けると――。

「女性に年齢の話を振るなんて、なかなかいい根性してるわね……」

「ひっ……！」

思わず悲鳴が漏れる。そこには鬼の形相で僕を睨んでいる知華さんの姿。

前言撤回――優しさなんて微塵も感じず、恐怖のあまり股間が縮み上がる。

「あ、いや……決してそんなつもりでは……」

「女性に聞いちゃいけない三ヶ条って知ってる？」

「いえ……後学のために教えていただけると幸いです……」

「年齢と体重とスリーサイズよ」

「なるほど……肝に銘じ――じゃなくて、覚えておきます」

確かに以前、お姉さんの体重を言い当てようとして怒られたことがある。

反射的というか生存本能的にというか、低姿勢で頭を下げて謝罪した。

「冗談よ。そんな面白い反応されるといじめたくなるからやめてちょうだい」

いや……全然冗談に聞こえないし、輝翔じゃないから嬉しくもない。

恐ろしすぎて後ろに百鬼夜行の幻視が見えましたけど。

「あなたの言う通り、私と沙織は同い年よ」

「そ、そうなんですね」

　さすがに何歳ですかとは聞けない。聞けばお姉さんの年齢を知ることができるチャンスだし知りたいとは思うけど、誰だって見えている地雷を踏みぬく勇気なんてないでしょ？

　僕は輝翔と違って年上女性にいじめられる趣味はないし。

「お姉さんの演技もすごいと思いましたけど、同じ年齢で芸能事務所の社長をしているなんて知華さんも充分すごいと思います」

　素直にそう思ったんだけど。

「別にすごくなんてないわ。私の場合は、私が社長をやるしかなかっただけ」

　知華さんはなんだか難しい表情を浮かべた。

「元々うちの事務所、セカンドハウスを設立したのは別の人だったの。その人は沙織が二十歳になった時に急に社長を辞めて姿を消してしまってね……それまでは私が沙織のマネージャーをしていたんだけど、結果的に私が社長をやらなくちゃいけなくなっただけ」

　突然の社長の失踪。

　ここに来る途中、いろいろあって二人だけと言っていた理由はそれか。

　でも、それでも――。

「二人でこうしてやっているんですから、やっぱりすごいですよ」

「男子高校生に褒められてもなんだけど……まぁ悪い気はしないわね」

知華さんは笑顔を浮かべて口にした。

初めて見た知華さんの笑顔は、とてもきれいだった。

「終わったみたいよ」

顔を上げると『瑛太くーん！　知華ちゃーん！』と叫び、手を振りながらこちらに走ってくるお姉さんの姿が目に留まる。

「そんなわけだから、マネージャーの件……考えておいてちょうだい」

そう言い残し、知華さんはお姉さんに歩み寄る。

「撮影が再開して間もないのに、ずいぶん早く終わったわね」

「うん。全部一発ＯＫだって」

「そう。ご苦労様。じゃぁ久しぶりにご飯でも食べて帰りましょう」

「瑛太くんも一緒に連れてっていい？」

「ここまで連れてきておいてダメなんて言わないわよ」

「やったね瑛太くん！　知華ちゃんありがとう！」

こうして無事撮影も終わり、僕らは夕食を食べに向かった。

やって来たのは都内にある、たぶん高級なジンギスカンのお店。

お姉さんは『羊さんて美味しいよね！』って言いながら『まぁでも、瑛太くんの作るご飯には敵わないけどね！』なんて褒めてくれつつ幸せそうに食べ続ける。

食べることに夢中で頬にご飯粒が付いていることに気付かないお姉さんに、知華さんが仕方なさそうに取ってあげたりしていたんだけど、そのやり取りは仲睦まじい姉妹のよう。

なんだか二人の関係が微笑ましかった。

だけど——そんな二人を眺めながらご飯を食べている最中。

僕はずっとお姉さんの女優としての姿が頭から離れなかった。

☆お姉さんの日記☆

瑛太くんが撮影を見にきてくれた！

びっくりしたなー♪　でも嬉しかったなー♪

おかげで元気になれたし、全部一発ＯＫだったのは瑛太くんのおかげだね！

でもまさか、知華ちゃんが連れてきてくれるなんて思わなかったな。

知華ちゃんは私たちが同居してるのを快く思ってなかったから、てっきり別れさせようとしてるんだと思ってたけど……案外そうでもないのかな？

できれば瑛太くんと仲良くしてくれると嬉しんだけど。

それと、今の撮影が終わって落ち着いたら瑛太くんと旅行に行く約束もしたんだ！

しばらくゆっくりできなかったし、ご褒美みたいなものだよね。

どこに行くか計画しないとだし、お宿も予約しないと。

旅行を楽しみに、明日からの撮影も頑張ろう！

　お姉さんの撮影も順調に進み、残すところあと数日――。

　当初、知華（ちか）さんから送られてきたお姉さんのスケジュールは二週間だったんだけど、追加で一言『よろしく』というメッセージとともに七月分が送られてきてサポート生活は継続。

　今週末には旅行を控え、多忙な日々も終わりが見えてきたある日のこと。

　お昼休み、僕は教室で一枚の紙と向き合っていた。

「まいったなぁ……」

　憂鬱（ゆううつ）な気分で手にしているのは進路希望調査票。

　高校二年の一学期にもなれば、そろそろ明確な進路を決めなくちゃいけない。

　考えていなかったわけじゃないけれど、知華さんから頼まれたマネージャーの件について悩んでいるタイミングにヒアリングか……悩みって重なるものだよね。

「なんだ瑛太（えいた）。まだ提出してなかったのか？」

　輝翔（きしょう）は紙パックのコーヒーを片手に覗（のぞ）き込んでくる。

「瑛太の進路相談、今日の放課後だろ？」

「そうなんだよ。今日の今日まで忘れててさ」

「お姉さんのお世話もいいけど、自分のこともちゃんとしないとな」

輝翔にそんな真面目(まじめ)なことを言われるとなんだか複雑な気分。

「輝翔は明日だっけ？　もう出したの？」

「ああ。適当に近場の大学を書いておいた」

「適当に……選べる余裕があって羨(うらや)ましいよ」

そう。実はこう見えて、輝翔はそこそこ頭がいい。

家では勉強をしない主義で、両親も勉強しろとは言わない人らしく、一度も宿題を提出したことがない。さらに言えば、帰宅部&委員会の活動はいつもさぼってばかりだから内申点はズタボロなんだけど、定期テストの結果だけは常に学年三十位以内には入っている。

本人と両親曰(いわ)く『授業で習ってるんだから家で勉強なんてする必要ない』ってことらしいんだけど、授業だけで覚えられるとか頭の構造が他の人とは違うんだろうな。

本気で勉強したらどうなるのか一度見てみたい気もするけど。

「ある程度は決まってんのか？」

「正直、まだ全然……。進学はしたいと思っているんだけど、お金のことを考えるとね……父さんがいつ帰ってくるかもわからないし、帰ってきても頼れるかどうか」

「確かになぁ……二〜三年は帰ってこないんだっけ？」

「らしいね……ははっ」

思わず他人事みたいに答えた上に、変な笑いが出てしまう。

本当、自分のことじゃなかったら笑い話で済むのになぁ……。

「お姉さんには相談したのか？」

「いや。してない」

「お姉さんなら進学費用も出してくれるだろ」

「そうもいかないよ……ただでさえ養ってもらってるんだしさ」

「逆に『頼ってくれてありがとう！』って喜んでくれそうだけどな」

うん。だから頼めないんだって。

「まぁお姉さんに頼らなくても、奨学金を借りるって手もあるさ」

「うーん……そうなんだけど、将来も未定の状況で借りるのに抵抗があってさ」

例えば明確な目標や希望する職業があってお金を借りるならともかく、先の収入も見込めない状況で奨学金を利用することに不安がある。奨学金なんて名前でも要は借金だしさ。

事実、世の中の多くの社会人たちが奨学金の返済に困っているって話は耳にするし。

そう考えると、収入の見込みもないのにお金を貸してくれる制度ってやばくない？

「それに、悩みは進路だけじゃなくてね……」

「なんだ？　他にもなんかあるのか？」

するると輝翔は僕の前の席に腰を下ろす。

僕の雰囲気から言いづらい話だと察してくれたんだろう。

周りの生徒に聞かれないように顔を近づけてくる。

「実は……知華さんからお姉さんのマネージャーをやらないかって誘われてるんだ」

「知華さんて、お姉さんの事務所の社長だよな?」

僕は黙って頷く。

「マネージャーか……帰りに待ち伏せしてたのは、その話だったのか」

「うん。以前は事務所にもたくさん人がいて、知華さんがお姉さんのマネージャーをしていたらしいんだけど、いろいろあって今は知華さんとお姉さんの二人だけで事務所を運営しているんだって。だからずっとマネージャーがいない状況だったらしいんだけど、僕がお姉さんのお世話やサポートをしているのを見て、ちょうどいいと思ったんだと思う」

「なるほどねぇ……」

「どうしようか、ずっと迷っててさ」

「とりあえず進路希望調査票に専業主夫って書いて提出すればいいとして」

いや、そんなこと書いたら先生に将来を心配されるでしょ。

なんて突っ込む間もなく。

「俺はいいと思うけどな」

輝翔は納得したように頷いた。

「マネージャーをするってことは、当然その分の給与が貰えるわけだろ？　いくら貰えるかはわからねぇけど、条件が合うアルバイトはなかなか見つからなかったわけだし、お姉さんのお世話をしながら金も稼げるなんて願ったり叶ったりだろ。金の問題が解決すれば、あとは進学でも就職でも専業主夫でも選べばいいさ」

言われて気付く。

確かに……知華さんとお金の話はしてないけど、たぶん多少は貰えるんだと思う。

お姉さんのお世話と両立できるアルバイトを探そうと思っていたけれど、お姉さんが忙しい時はお世話を優先したいし、そうなると都合の付けやすいアルバイトを探すのは難しい。

マネージャーはお世話とバイトを兼ねつつ、悩みの種であるお金の問題も解決できる。

輝翔の言う通りベターな方法なのでは？

そう思いかけたけど――。

「いや、やっぱり僕にマネージャーなんて無理だよ」

冷静になってみると、やっぱりそう思わざるを得ない。

「僕に芸能人のマネージャーが勤まるなんて思えない。芸能界に詳しいわけでもないし、お姉さんが女優の吉岡里美だって気付かなかったくらい疎いし……それに僕はお姉さんに養ってもらっている立場なんだから、お世話を理由にお金を貰うのは違うと思うんだ」

そう口にすると、輝翔は小さく溜め息を吐く。

「どうするか決めるのは瑛太だけどさ、そう難しく考えなくてもいいんじゃないか？」

「え……？」

「瑛太は一人暮らしが長かったせいか、人に迷惑を掛けるのを極端に嫌う傾向があるからな。自分に務まるとは思えない、迷惑を掛けたらどうしようって不安は理解できるし、養ってもらってんだからお金は貰えないって考えも立派だが、もう少し気楽に考えてもいいと思うぞ」

輝翔はそう言うと、僕の背中をポンポンと叩いて席を後にした。

「気楽に考えてもいい……か」

確かに僕は、輝翔の言う通り難しく考えているのかもしれない。

できるかどうかなんて、やってみなければわからないと言う人もいるだろう。

だめで元々なんて言葉があるように、悩むくらいならやるだけやって、あとのことはその時に考えればいい——そういう考えがあるのもわかってる。

でも、さすがに仕事となると話は別なんじゃないだろうか？

芸能界の仕事となれば、お姉さんや知華さん以外の人にも迷惑をかけるかもしれない。お金を貰っておきながら取り返しのつかない失敗をしてしまったらと思うと腰が引ける。

残された僕は、手元の進路希望調査票を眺めながらそんなことを考えていた。

ω

放課後――。

結局、僕は白紙の進路希望調査票を手に進路指導室に来ていた。

「一ノ瀬(いちのせ)君……これ……」

心配そうな表情で僕を見つめてくるのは、担任教師の六日町(むいかまち)美緒(みお)先生。

そりゃ白紙の進路希望調査票を提出されれば、担任教師としてそんな顔にもなるだろう。

「すみません……」

先生は二年目の教師で二十四歳なんだけど、年齢以上に若く見える容姿や子供っぽい性格。

生徒と歳(とし)が近くて話が合うこともあり、親しみを込めて美緒ちゃんと呼ばれていた。

でも生徒から好かれている理由は別にもあったりする。

「謝ることはないんだけど……当てはあるの？」

「……はい？」

当てはある？

「最近は家庭に入る男性も増えてきたし、働いている男性も育休を取ることを推奨しているご時世だから、こういう将来設計もありだとは思うけど……」

家庭に入る男性？　育休……？

いったいなにを言っているんだろうか？

「ちょっとすみません」

おかしいと思い、美緒ちゃんから進路希望調査票を受け取って目を疑った。

そこには『きれいなお姉さんに永久就職♪』と書かれていた。

「違います！　これは僕が書いたんじゃないんです！」

こんなことをする奴は一人しかいない。

輝翔の奴……なんてことをしてくれるんだ。最後に音符マークをつけている辺り、お茶目さを演出しようとしたんだろうけど全くもって笑えない。

「これは友達の悪戯で——」

「よ、よかったぁ……さすがに先生もどうアドバイスしていいか困っちゃった」

美緒ちゃんは心底安堵した様子で笑顔を浮かべる。

いや、そこは本気でアドバイスしようとしないでとめてください。

「じゃあ改めて、進路希望を教えてくれる？」

「実は……まだ決まっていなくて。白紙のまま提出しようと思っていたんです」

正直に話すと笑顔から一転、美緒ちゃんは困ったような表情を浮かべた。

「具体的に決まってなくてもいいの。方向性だけでもどう……？」

その顔は次第に悲しみに包まれていき、わずかに語尾が震える。

「正直全く……進学したいとは思っていますが、ちょっと先行きもあやしくて……」

僕がそう答えた次の瞬間――。

「ごめんなさい！」

美緒ちゃんは瞳にぶわっと涙を溜めて机に突っ伏した。

「私がダメな先生だから一ノ瀬君が進路を決められないんだよね……ごめんなさい！」

「いや、そんなことないです。だから泣かないで――」

「ううん！　そうなの！　私がもっとしっかりしてれば……うえーん！」

そう――これが生徒に好かれている一番の理由。

美緒ちゃんは生徒の問題は全て自分に責任があると思ってしまう性格で、いつも生徒のために頑張ってくれるんだけど、残念ながら経験が浅く空回りすることが多い。

それでも生徒の力になろうと不器用なりに首を突っ込み続ける姿は一生懸命で、今のご時世こんなに生徒のために身を削る先生がいるだろうかと心配になるほど。

そんな美緒ちゃんを『一人前の教師にしてあげよう！』という妙なクラスの団結があったりして、かくいう僕も美緒ちゃんのことはいい先生だと思っていた。

「自分の受け持ってる生徒の進路相談にも乗れないなんて……やっぱり私に先生なんて無理だったんだ。私なんかが先生になったせいで、一ノ瀬君の将来がだめになるなんて……！」

いや、ちょっと待って。

だめになったと決めつけるの早くないですか？

せめて進路を決めてから、だめかどうか判断して欲しい。

「僕が進路を決められないのは先生のせいじゃなくて、うちの家庭環境というか……先生も知ってますよね？　僕の父さんが海外を飛び回っているの？」

「うん。お会いしたことはないけど、一ノ瀬君の一年生の時の担任から聞いてるよ。確か戦場ジャーナリストをしているんだよね？」

「その父さんなんですけど、実は二ヶ月くらい前に紛争地帯で行方不明になりまして」

「……え？」

美緒ちゃんはがばっと身体を起こし、わずかに眉をひそめる。

その様子から知らないのは明らかだった。

「戦場ジャーナリストの仕事中に過激派集団に捕まったらしくて、全く連絡が取れないんですよね。ニュースでも何度か報道されてたんですけど、見ませんでした？」

この説明を誰かにするの何度目だろう……。

スマホでニュースサイトを開いて見せる。

「こ、この人……一ノ瀬君のお父さんだったの？」

「はい。おかげでアルバイトはクビになるし――」

「どうして先生に相談してくれなかったの!?」

机に身を乗り出しながら被せ気味に遮られた。

「お金は大丈夫なの⁉ 生活はどうしてるの⁉」

「ちょ、ちょっと落ち着いてください――！」

「どうしてすぐに先生に相談してくれなかったの⁉ 先生が頼りないから⁉ 私が……私がもっとちゃんとした先生なら一ノ瀬君のお父さんも行方不明にならなかったのに！」

いや、全然関係ないです。

全くもって関係ないので、なんでもかんでも自分のせいにしないでください。

なんて言ったところで美緒ちゃんが泣き止むわけもなく……机を乗り越えてきそうな勢いで迫ってくる美緒ちゃんを両手で制止しつつ、どこまで話そうかと考える。

「わかった……お父さんのことは残念だけど、先生が責任を取って一ノ瀬君を永久就職させてくれるきれいなお姉さんを探すから！ とりあえず一ノ瀬君の好みを教えてくれる⁉ 年齢とか職業とか年収とか、あとは譲れないポイントとかある⁉」

いつから進路指導室は結婚相談所になったんだろう？

婚活相談の仲人みたいな質問をばんばん連呼してくる美緒ちゃん。

このままだと本当に僕の進路が永久就職にされかねないと思い、支障のない範囲で事情を説明することにした。

「今は父さんの知り合いの人に保護者になってもらって一緒に住んでいます。生活に掛かるお金は面倒を見てもらっているので、心配してもらわなくても大丈夫ですから」

あとからわかったことだけど、父さんの知り合いなのは嘘じゃない。

でも、その知り合いが若い女性なのは面倒なことになりそうだから黙っておこう。少なくとも女優の吉岡里美だなんて口が裂けても言えない。

「そう……よかったぁ」

美緒ちゃんは涙をぬぐいながら席に座る。

「そんなわけで、進路どころか生活の先行きもちょっと怪しいんですよね」

「そっか……そうだよね」

「はい……」

なんだかお通夜みたいな空気が僕らを包む。

「お父さんのことも大変だと思うけど、まだ時間はあるから進路のことも考えてみて。今度する三者面談も、お父さんが無理ならその方に参加してもらってもいいからね」

「はい……わかりました」

僕は差し出された三者面談の案内を、複雑な気持ちで受け取ったのだった。

ω

帰宅後、僕は家に着くなりソファーに座って天を仰いでいた。

「まいったなぁ……」

鞄から取り出した三者面談のプリントを眺めながら呟く。

不安を口にしたところで解決するわけでもないのに、それでも口にしてしまうのは、なに一つ解決の目途が立っていないからだろう。進路もお金も、マネージャーの件も。

次から次へと悩みばかりで落ち着かない。

ふと時計に目をやると、もう夜の七時を過ぎていた。

「もうこんな時間か……悩んでないで晩ご飯の支度をしないと」

お姉さんは朝早くから撮影で、今日は帰りがいつもより早いらしい。一時間ほど前に仕事が終わったとメッセージがきていたから、そろそろ家に着く頃だろう。

三者面談のプリントを自分の部屋の机に置いて夕食の準備に取りかかる。

とはいえ、悩みというのは考えないようにしていることが、すでに考えている証拠であって……料理をしながら無限ループのように考え続ける。

何度も同じことを考えつつ、料理ができ上がった頃だった。

「ただいま！」

玄関からお姉さんの元気な声が響いてきた。

パタパタと足音が近づいてくる。

「おかえりなさい。ちょうどご飯ができたところです」

「ありがとう。今日のおかずはなにかしら？」

「ロールキャベツとサラダにしました。簡単ですみません」

「ロールキャベツ⁉　お姉さんロールキャベツ大好物なの！」

お姉さんはソファーにバッグを置くと、目を輝かせながらテーブルに駆け寄る。

「あああぁ……美味（おい）しそうだよぅ……早く食べましょう！」

「その前に手を洗ってきてくださいね」

「はい！」

お姉さんが洗面所に向かっている間、僕はご飯とスープをよそってテーブルへ運ぶ。

今日は悩んでいたせいで時間がなく、出来合いのロールキャベツをコンソメスープで煮込んだだけの簡単な料理なのに……あんなに喜ばれてしまうとなんだか申し訳ない。

養われている立場なのに、家事に手を抜いてしまった罪悪感に襲われる。

「お待たせ。ご飯にしましょう」

向かい合ってテーブルに座り、手を合わせてから食べ始める。

お姉さんはいつものように笑顔を浮かべながら、美味しそうに食べていたんだけど――しばらくすると箸（はし）をとめて、僕をじっと見つめていた。

「どうかしました？」

「どうかしたってわけじゃないんだけど……」

　お姉さんは心配そうな表情で僕の顔を覗き込む。

「瑛太くん、なにか心配ごとでもあるの？」

「え……？」

「気のせいかな？　なんだか今日の瑛太くん、元気がないように見える」

　思わず視線を逸らす。

　表情に出てしまっていたんだろうか。

「そんなことないですよ。いつも通りです」

「……本当？」

「はい」

　それでもお姉さんは心配した様子で僕を見つめ続ける。

「だったらいいんだけど……なにか悩んでいることがあるなら、なんでもお姉さんに相談してね。お姉さんにできることならなんでもしてあげるし、力になりたいと思ってるから」

「ありがとうございます。でも大丈夫ですから」

　悟られないように笑顔を浮かべて答える。

「そうだ、それよりも――」

　僕はこれ以上悟られまいと、努めて明るく話題を変える。

「旅行の件、そろそろ決めないとですね」

「そう！　その件なんだけど——！」

お姉さんは思い出したかのように声を上げて胸の前で手を叩く。

「実はもう行先は決めてあって、お宿も予約してあるんだ！」

「え？　そうなんですか？」

「相談しようと思ったんだけど、お部屋の空きが残り少なかったから勢いで予約してしまったの……勝手に決めちゃったんだけど、大丈夫だった？」

「いえ。僕はそういうの疎いので、むしろ助かります」

「それならよかったわ」

「場所はどこですか？」

「長野（ながの）よ」

長野か……距離的に一泊ならちょうどいいかもしれない。

「最近夏が近づいてきたせいもあって暑いし、どこか涼しいところに行きたいなって思ってたの。同じ長野なら軽井沢（かるいざわ）かなって思ったんだけど、前にドラマで共演した女優さんから秘湯の温泉宿を教えてもらったことがあってね。山奥だから夏でも涼しいし緑はきれいだし、温泉もすごくいいから一度行ってみてって言われていたのを思い出したの」

お姉さんはスマホを操作してから僕に差し出す。

そこには温泉街の公式ホームページが表示されていた。

美しい自然と古い歴史を誇る、知る人ぞ知る渓谷の秘湯。僕らが泊まる予定の温泉宿の写真を見てみると、一泊の料金は書いていないものの立派な旅館で高そうに見えた。

旅館に泊まったことがない僕には宿泊料が想像できない。

「一泊いくらくらいなんですかね？」

あんまりお金に余裕はないんだけど……。

「お金のことなら心配しなくて大丈夫よ。お姉さんが出してあげるから」

「いや、そういうわけにも……言い出したのは僕ですし」

「遠慮しなくていいの。いつも家事を頑張ってくれてるお礼にお金を渡そうとすると、瑛太くんは当たり前ですって言って受け取ってくれないでしょう？　だから、こういう時くらいは遠慮しないで甘えて欲しいな」

「お姉さん……」

自己嫌悪というか、複雑な心境だった。

自分の悩みについて考えるあまり、今日の晩ご飯は手を抜いてしまったこと。少なくとも今の僕には、そんな言葉をかけてもらう資格なんてない。

「すみません……」

「いいんだよ。それにね瑛太くん」

お姉さんは穏やかな笑顔を浮かべて口にする。

「こういう時は『すみません』じゃなくて『ありがとう』って言うんだよ」

「はい……ありがとうございます」

「旅行まであと少し。お互いに頑張ろうね」

その後も、旅行について話をしながら食事を進める僕たち。

たぶんお姉さんは、僕が悩んでいることに気付いているんだろう。

それでも深く聞かずに笑顔で接してくれる。その優しさを嬉しいと思う反面、悩みに翻弄されれ、家事をおざなりにしてしまった自分を不甲斐ないと思わずにはいられない。

もう二度と、なにがあっても家事に手を抜かないと誓ったのだった。

☆お姉さんの日記☆

あとちょっと頑張れば、瑛太くんと旅行に行ける！

楽しみだな〜。早く週末にならないかな〜。待ち遠しいな〜。

とりあえず行先と旅館だけ決めちゃったけど、スケジュールはなにも決めてないんだよね。

でも行き当たりばったりな感じの旅行もきっと楽しいし、まぁいいかな！

瑛太くんとの初めての旅行……いっぱい思い出を作らなくちゃね！

でも、一つだけ気になってることもあるんだよね……。

瑛太くん、なんだか元気がなかったような気がする。『なんでもない』じゃなくて『大丈夫』って言ってたってことは、心配事があるけど大丈夫って意味だよね……。

気になって瑛太くんの部屋を覗いてみたら、机に三者面談のプリントが置いてあった。

もしかして進路に悩んでいるのかな？　進学も就職もしなくても、お姉さんが養ってあげるのに！　なんて、そうもいかないか。それは瑛太くんが決めることだもんね。

心配だけど、少しだけ様子をみてみよう。

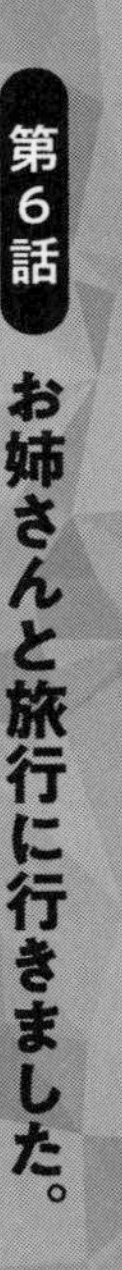

第6話　お姉さんと旅行に行きました。

「よし……こんなものかな」

一週間後――お姉さんのドラマ撮影が終わった週の土曜日。

僕らは旅行先の長野（ながの）に向かうため、朝から準備をしていた。

朝から準備と言っても、僕は昨日の夜に大まかな準備は済ませていたから確認程度。

旅行なんて初めてだからなにを持っていけばいいかピンとこないけど、とりあえず一泊分の着替えと歯ブラシセット、あとは薬やモバイルバッテリーなんかも用意。

それらをバッグに詰め込んで、ひとまず玄関に置いて準備完了。

いよいよだと思うと、少しわくわくする……楽しみだな。

「お姉さん。準備できましたかー？」

荷物整理を終え、自室にいるお姉さんに声を掛ける。

ところが、しばらく待っても返事はない。

様子を見にいこうとドアを開けて、思わず足がとまった。

「こ、これは……」

お姉さんの部屋は、足の踏み場もないほど洋服で溢（あふ）れていた。

「あ……瑛太（えいた）くん。準備は終わった？」

「はい。ばっちりです」

「さすが瑛太くん。お姉さんとは違うわね……」

お姉さんは旅行用トランクを開けっぱなしにしたまま、大量の洋服や荷物に囲まれている。

予定時間は迫っているものの、どうやらお姉さんは荷物が纏（まと）まっていないらしい。

床に広げられたおびただしい数の洋服を難しい顔で眺めるお姉さん。

「なにをそんなに悩んでいるんですか？」

「……明日着るお洋服が決まらないの」

「………」

それだけ？

たった一着決めるだけでこの惨状なの……？

「今日のお洋服は一晩かけて決めたのよ。でも明日はどうしようって悩んでいて……深夜まで一人ファッションショーしていたら気が付いたら寝ちゃってて……うぬぅ」

「……そんなに悩まなくてもよくないですか？」

なんて思わず口にしたのがいけなかった。

「よくないよ瑛太くん！」

お姉さんは困り顔で詰め寄ってくる。

「私たちにとって初めての旅行なんだよ！　たくさん思い出を写真に残すんだし、お洋服選びは大切なの！　あとからこっちの方がよかったじゃ取り返しがつかないんだよ！」

「そ、そうですね……」

あまりの勢いに反射的に答えたけど、お姉さんの気持ちもわからなくない。

女性は化粧や洋服一つで気分が変わるって聞くし、悩んでいるのも旅行を少しでも楽しもうと一生懸命考えてくれているからだろう。その気持ちはすごく嬉しい。

なんだか適当に服を選んでしまった自分が申し訳ない。

「でもお姉さん。あまり気を張りすぎずに行きませんか？」

「どうして？」

「これが最初で最後の旅行ってわけじゃありませんし」

「最初で最後じゃない……」

お姉さんはぽつりと呟く。

「そうだよね！　旅行に行こうと思えばいつでも行けるもんね！」

一転して笑顔を浮かべると、一番近くに置いてあった服を手に取る。

「じゃあお姉さん、最近買ったこのお洋服にするわ！」

「はい。僕も手伝うので早く準備しちゃいましょう」

ようやく洋服も決まり、二人で荷物をぽんぽんトランクに詰め込んでいく。

結局、準備を終えたのは出発予定時間の一時間後だったけど、まぁいいか。


部屋を出たのは十時ちょっと過ぎ——。

改めて僕らが向かう先は、長野の山奥にある秘湯の温泉宿。

ちょっと調べてみたら標高が千四百メートルもあるため夏でも朝晩は冷え込むこともあるらしく、お姉さんが言っていた通り知る人ぞ知る避暑地として人気があるみたい。

温泉も高い効能があるらしく、なんでも三日はいれば三年は風邪を引かないとか。本当か嘘かはともかく、そう言われるほど素晴らしい温泉なんだと思うと期待が高まる。

「そういえばお姉さん」

「なに？」

「長野まではどうやって行くんですか？」

調べたところ、山奥すぎて電車は通っていない。

東京駅に出て新幹線と在来線で最寄り駅まで行き、そこから観光バスだろうか？

「ふふふ。地下に行けばわかるよ」

「……？」

含みのある笑みを浮かべながら意味深な言葉を口にするお姉さん。

気になりながらもエレベーターに乗って地下一階のボタンを押す。

到着すると、そこは広大な駐車場が広がっていた。

「地下があるのは知っていましたけど、駐車場だったんですね」

さすがは高級マンションだけあって、見るからに高そうな車がずらりと並ぶ。車には疎いから車種とかはわからないけど、まるでモーターショーの展示会場みたい。

でも、なんで地下駐車場に？

「これ、お姉さんの車なの」

「え――？」

そこには赤い小さな車がとまっていた。

高級車が並ぶ中、ある意味目立つ国産の普通車。

「お姉さん、車持ってたんですか？」

「ほとんど乗らないんだけどね。可愛いでしょう？」

丸みを帯びたころっとしたフォルムをしていて、こぢんまりした感じが可愛らしい。

高級車でも余裕で買えるどころか複数台は所持できる財力があるのに、可愛いらしさで選ぶあたりがお姉さんらしい。色が赤っていうのも下着同様、お姉さんの好みを表している。

「ちなみに名前はマチ子っていうの」

「マチ子……ですか」

「そう！　マチ子〜今日はよろしくね〜♪」

猫でも撫でるようにボンネットをさするお姉さん。

なぜマチ子なのかはともかく、車に名前を付ける人って結構いるよね。

「荷物は後ろに積んじゃいましょう」

後部座席のドアを開けて荷物を積み込みながら思う。

でもお姉さんが車を持っているなんて正直びっくりした。まぁ大人だし、免許も車も持っていて当然か……なんていうか、お姉さんが運転している姿がイメージできなかっただけ。

荷物を積み終え、僕らはマチ子に乗り込んでシートベルトを締める。

「じゃあ出発ね」

「はい。お願いします」

マチ子はゆっくりと動き出す。

駐車場内とはいえ、ゆっくりすぎて逆に心配になる速度。

「お姉さん、ちなみに運転するのっていつぶりですか？」

「……ちょっと記憶にないわね」

記憶に……なんだか急に不安になってきた。

「ちなみにマチ子を買ってから乗るのは三回目かな」

「三回目……」

びっくりするくらいペーパードライバーだった。

「あ、安全運転で行きましょうね」

「もちろんよ。お姉さん、今まで無事故無違反だから安心して」

それはほとんど乗っていないからじゃないでしょうか？

……無事に帰ってこられるといいな。

「一応ナビは入れてあるけれど、瑛太くんも見ていてくれると助かるわ」

「はい。任せてください」

「実はお姉さん、今までナビを入れても一度も目的地に着いたことがなくて」

「え……？」

「壊れているわけじゃないんだけど、どうしてかしらね」

ナビがあっても迷子になるという、聞きたくなかったカミングアウト。

お姉さんが方向音痴なのは知っていたけれど、まさか文明の力に頼っても迷子になる絶望的なレベルだとは思いもしなかった。

ω

その後、やっぱり何度か迷子になりながらもなんとか高速道路へ。

久しぶりの運転なのもあって最初はおっかなびっくり運転していたんだけど、直進が続く高速道路に入ってから勘を取り戻したのか、だいぶ余裕が出てきたみたい。

それでも超安全運転のお姉さんは常に八十キロでバンバン抜かれていくんだけど、気にした様子もなくお菓子をつまみながら鼻歌交じりの上機嫌で運転を続ける。

そんな感じで走り続けること一時間半――。

僕らを乗せたマチ子は山梨県へ突入。

「ところで、予定ってどんな感じなんですか？」

「山梨県経由で長野に向かって、夕方にはお宿にチェックインする予定よ。細かく決めていくよりも、よさそうな観光地があれば寄り道していく方が楽しいかなって」

確かにあれこれ細かくスケジュールを組むよりも、自由な感じの方が楽しいかもしれない。気ままな旅っていうのは、誰しも一度は憧れるしね。

「でも移動時間を考えると、あちこち行く余裕もないのよね。一泊二日って短い……」

「そうですねぇ」

「瑛太くんはどこか行きたいところとかある？」

「いえ……特には考えてなかったですね」

「お姉さんは行きたいところが二つあってね」

「どこですか？」

僕が尋ねると同時、お姉さんは左手を掲げる。

「一つ目はあそこよ」

その先には、日本で一番高い山が広がっている。

なるほど。確かにここは外せない。

「やっぱり山梨といえば富士山でしょ！」

こうして僕らの最初の目的地が決まった。


僕らが最初にやって来たのは河口湖だった。

さすがに富士山に行きたいといっても登るわけにもいかず、せっかくならよく見えるところがいいと思った僕らは、湖と富士山を一緒に楽しめる場所に決めた。

湖の畔にある広い駐車場でマチ子を降りると、穏やかな風が初夏の香りを運んでくる。

「瑛太くん見て！」

声をかけられて振り返ると、そこには富士山がそびえ立っていた。

「すごい……富士山てこんなに大きいんですね」

「本当にね！　すごくでっかいね！」

子供みたいに目を輝かせて富士山を見上げる。

お姉さんはテンションが高い時だけ無邪気というか言葉使いがラフになるんだけど、今日は朝からこんな感じだった気がする。それだけ楽しんでくれているってことかな？

「距離はあるのに、こんなに大きく見えるなんてちょっと不思議」

「本当ですね」

大きすぎて距離感がわかりにくいけど、それでも見上げないと山頂を望めないくらいに大きい。今まで見てきた山がちっぽけに思えるほどのインパクトだった。

「富士山をバックに写真を撮ったら映えるかな」

「今日のお姉さんの洋服もすごく素敵ですし、きっと映えると思います」

「え……？」

今日のお姉さんはノースリーブの白いワンピースにサンダル姿。

明るく涼しげな格好と麦わら帽子を合わせた着こなしがいかにも夏らしく、まるで田舎を舞台にしたドラマのヒロインみたい。なんて、女優のお姉さんにヒロインみたいは失礼か。

「あ、ありがとう……」

お姉さんは照れたように頰を染めてもじもじする。

服も肌も白いせいか、紅潮が際立って照れているのがまるわかり。

「そうだ瑛太くん。一緒に写真を撮ろう！」

お姉さんは意気揚々とバッグからデジカメを取り出す。

だけど、デジカメを見つめるとそっと僕に差し出した。

「……はい。デジカメの操作は瑛太くんのお仕事ね」

やっぱり操作がわからないらしい。

この前ちゃんと操作を教えたんだけど、別にお姉さんが覚えてなくてもいいか。こうして一緒にいられるのなら、苦手なことはお互いに頼ればいいんだから。

なんだかそう思うと、この関係もちょっと微笑ましい。

「あ！　瑛太くん、お姉さんがデジカメ使えないからって笑ったでしょ！」

「はい。なんだかお姉さんらしいなって」

「お、お姉さんだってちょっと本気出せば覚えられるもん！」

「はいはい。撮りますよー」

ぷんすこと怒るお姉さんの隣に並んでカメラを掲げる。

するとお姉さんは僕に肩を寄せて顔を近づけてきた。朱音さんと喫茶店で写真を撮った時も思ったけど、自撮りする時ってどうしても近づいてしまうよね。

近づきすぎて思わず触れて、気絶させせないようにしないと。

気を付けながらシャッターを切って画面を覗くと、そこには笑顔を浮かべる二人の姿。ちょうど二人の間に富士山が挟まれる形で映っていて、なかなかよく撮れていると思う。

「撮り直す」

「え？　結構よく撮れてません？」

お姉さんは不満そうに首を横に振る。

「お姉さん、風で髪が乱れてる」

よく見てみると、確かに髪の毛がフワッと浮いていてアホ毛みたいに見える。

お姉さんはバッグからブラシを取り出すと丁寧に髪を整えた。

「はい。もう一枚！」

「撮りますよ」

もう一度シャッターを切って画面を差し出すと。

「うん。これはリビングに飾ることが決定しました」

ほくほくした笑顔を浮かべているあたり、ご満足いただけたらしい。

お姉さんが嬉しそうに画面を覗き込んでいる時だった。

さっきまで穏やかだった風が一瞬だけ突風のように吹き荒れ——見るなという方が無理な感じでお姉さんのスカートがぶわっと捲れた。富士山からのサービスだろうか。

お姉さんはデジカメを手にしているせいで、スカートを押さえようにも押さえられない。

「……見た？」

お姉さんは目に涙を浮かべながらぷるぷると震える。

「見たでしょ？」

「えっとですね……」

見たか見ないかで言えばもちろんばっちり見えたんだけど。

なんでそんなに派手な下着を履いているのかよりも、逆に聞きたいことがある。

「お姉さん、僕に触られたり名前を呼ばれたり、今みたいに下着を見られそうになると恥ずかしいんですよね？　でも、僕と一緒に寝たりするのは恥ずかしくないみたいですし……なにか基準でもあるんですか？」

「実はそれ、お姉さんも不思議に思っていたのよね」

お姉さんは『うぬぅ……』なんて呟きながら顎に手を当てて難しい顔をする。

本人もわかってなかったんだ……。

「でもね、この前一緒に水着を買いに行った時にちょっとわかったの」

「ぜひ教えてください」

「たぶんお姉さん、自分から瑛太くんになにかする分にはいいんだけど、瑛太くんからなにかされるのがダメみたい」

「あー……」

確かに。言われてみれば、なるほどなと思う。

僕と一緒にベッドで寝たり、僕をスカートの中にかくまったり、気絶してもおかしくない状況なのに平気だったのは、お姉さんから言い出したことだからだろう。

でも、僕に触られたり名前を呼ばれたり、意図せず僕からアプローチされるのは弱い。

今までお姉さんが気絶したりしなかったり、その全ての基準がそうだとは言えないような気もするけれど、その辺はお姉さんの気持ちの持ちようなんだろう。

その証拠に、水着を買いに行った時のこと。

最初はお姉さんから水着を『見せていた』から平気だったんだけど、よくよく考えたら『僕に見られている』と意識した結果、急に恥ずかしくなって隠れてしまったということ。

それがわかっただけでも今後の対策がしやすくなる。

「それで……見た？」

一人で納得していると、お姉さんが水揚げされたハリセンボンみたいにほっぺを膨らませていた。前にも一度見たことあるけれど、怒っているのにちょっと可愛い。

「たぶん富士山から吹き下ろしている風のせいなので僕は悪くないです」

「それ絶対見たってことでしょ⁉」

僕の背中をポカスカと叩きながら照れるお姉さん。

逃げ惑っていると不意に、僕らに向けられる視線に気づいた。

若い二人組の女性が驚いたような疑うような、微妙な視線を向けながら『ねぇ……あの人って……』『まさか、似てるだけじゃない？』『でもそっくりだよ』と口にしている。

嫌な予感がした。

「お姉さん、ちょっと向こうに行きましょう」

お姉さんの背中を押して人のいない方へ促す。

「うん。いいけど急にどうしたの？」

「いえ……ほかにもいろいろ見てみたくて」

「そうだね。せっかくだから少しお散歩しよっか」

お姉さんを周りの人の視線からかくまうようにしてその場を離れる。

迂闊(うかつ)だった——僕らにとって見知らぬ場所だとしても、お姉さんは女優なんだから見知っている人は大勢いる。こんなところで男と一緒にいることがばれたらどうなるか？

それこそ知華(ちか)さんの言う通り、スキャンダルになってもおかしくない。

まぁ……僕みたいな子供と一緒にいても弟にしか見られないだろうけど、それでも不安の種を自らまく必要なんてない。

今日は都内を出歩く時みたいにマスクもサングラスもしていないし、きっとお姉さんはテンションが上がって気が回らなくなっていると思うから、僕がしっかりしないといけない。

無邪気にスキップするお姉さんを見つめながら、気を引き締めたのだった。

それから僕らは人目に注意しながら湖の周りを散歩した。

多くの観光客で賑わう中、びっくりしたのは外国人の方が多いということ。

あちこちから声が聞こえてくるんだけど、みんながみんな違う言葉で話している。ただ、誰もが楽しそうにしているのを見ると、なんだかこっちまで楽しくなる。

非日常っていうんだろうか？

知らない場所で悩みや心配事を一切気にせず、気の向くまま過ごす時間はとても穏やかで、この二ヶ月のバタバタした日々を忘れて僕らは観光を楽しむ。

一通り散策を終え、駐車場に戻ろうとした時だった。

「瑛太くん。ちょっとお土産でも見てみない？」

お姉さんは道路沿いのお土産屋を指さす。

「いいですよ。行きましょうか」

足を踏み入れると、中はお客さんで賑わっていた。

観光地のお土産屋らしく、地元感のあるお菓子や名産品が並ぶ。

せっかくだから輝翔にお土産を買ってあげようかなと思った時だった。

「これ、きれいね……」

お姉さんが足をとめて見つめる先には、たくさんのピアスが飾られていた。

その中の一つ、お姉さんが手に取ったそれを覗いてみると、ガラスで作られた雫のような形のピアス。よく見ると中には淡い色合いで描かれた富士山のイラストが浮かんでいた。

「確かにきれいですね。地元の工芸品かなにかですかね」

「…………」

お姉さんは目を輝かせてピアスを見つめる。

「よし。お姉さんこれ買う」

お会計をしようとピアスを手に取ってレジに向かう。

でもすぐに、しょんぼりした顔で戻ってきた。

「どうしました?」

「お姉さん、車にお財布を忘れてきちゃったみたい……」

「じゃあ取りに行きましょうか。もしくは僕が立て替え――」

「ううん。ちょっといいなーと思っただけだから。やっぱりやめておく」

「そうですか?」

「他にもお土産屋さんはあるだろうしね。そろそろ行こっか」

お姉さんに促されてお店を後にしようとしたんだけど。

「……僕、ちょっとお手洗いに行ってきます。先に車に戻っていてください」

「うん。わかった」

お姉さんがお店から出るのを確認してから、僕は一人店内へと戻った。

ω

「なんかすごい道ですね」

「うん。いかにも山奥って感じ」

山梨観光を終えて長野に入り、市街地を抜けるとすぐに山道に差し掛かった。

登りのカーブとトンネルが連続し、道幅も狭くてすれ違う車がやたらと近い。この道をずっと行くと岐阜(ぎふ)県にたどり着くらしく、観光客を乗せたバスなんかも多く走っていた。

心なしか、運転するお姉さんの顔がこわばっている気がする。

「急がなくていいですから、安全運転で行きましょう」

「うん……運転を誤ったら崖下まで一直線だからね」

「そんなフラグ立てるみたいな言い方しないでください……」

それからしばらく走ると、さらに道は険しくなる。

さすが秘湯の温泉宿というだけあって、すでにあたりは山奥といっていい。

新緑の季節らしく木々が生い茂っていて、見渡す限り深い緑が広がっている。途中に猿や猪(いのしし)の書かれた看板があったけど、あれは出没注意っていう意味だろうか？

二人で緊張しまくりながらマチ子を走らせ、川沿いの小道を上っている時だった。

「ん？　なんか……臭いません？」

「うん。なんかとっても臭い気がする」

僕の気のせいじゃなかったらしい。

お姉さんも気付いたらしく、眉をひそめている。

「でも不快な臭いってわけじゃなくて……」

すると急に道が開け、ただの山道だった風景が一変する。

「瑛太くん、着いたよ！」

そうか、この臭いは温泉の匂いか――。

渓谷の中、いくつもの建物が立ち並び、道を歩いている観光客の姿が目に留まる。

道沿いにある駐車場にはたくさんの車が停まっていて、ナンバープレートのほとんどは県外の見慣れないものばかり。いよいよ観光地に着いた実感がこみ上げる。

僕らは高ぶる気持ちを抑えながらナビに従って旅館へと向かう。

急な坂を下った先、川の流れる音が聞こえてきた時だった。

「「え……？」」

目の前に、大きな木製の吊り橋が現れた。

二十メートルはある大きな吊り橋の先に宿が見える。

「ここ、渡るの……？」

「そうみたいですね……」

「お、落ちたりしないかしら？」

「さすがに大丈夫じゃないですかね」

お姉さんはゆっくりとアクセルを踏む。

橋の幅はぎりぎりで、少しでもハンドル操作を誤ったら擦りそう。

妙に緊張しているせいか、お互いに息を殺しながら橋を渡る。

「………っ、着いた！」

「やりましたね！ 運転お疲れさまでした！」

吊り橋を渡ると、そこにはスマホで見た旅館があった。

なんだか妙な達成感に包まれ、思わずハイタッチする僕たち。

マチ子を駐車場に停めると、すぐに旅館の人がやってきて荷物を持ってくれる。

慣れない対応にそわそわしながらお姉さんの後に続いて旅館に足を踏み入れると、そこには狭いながら立派なロビーが広がっていた。床は全て畳張りで、年季の入った天井や柱の色合いが歴史の長さを窺わせる。まさに古き良き日本の旅館といった感じ。

一泊いくらなんだろう……旅館なんて初めてでピンとこない。

チェックインを済ませ、仲居さんに案内されて部屋に来た僕ら。

中に足を踏み入れて、驚きのあまり声が漏れる。

「これは……」

部屋の外には庭が広がっていて、その中心に石造りの露天風呂がある。

お湯の注がれる風情のある音と、温泉独特の臭いが部屋に広がっていた。

「露天風呂付って……すごいですね」

「ふふふっ。びっくりした？」

僕を驚かせようとして黙っていたんだろう。

胸を張っていつものドヤ顔をして見せる。

「びっくりしました……部屋に露天風呂がある部屋なんてそうそうないですよね？」

「そうだね。ちょっと奮発しちゃった」

今更聞けないけど、やっぱり高いんだろうな。

「いろいろ見て回って疲れちゃったね」

「そうですね——え？」

部屋を物色している最中、思わず変な声が出かかった。

寝室を覗くと、そこには大きめのベッドが一つだけ。

まさか……このベッドでお姉さんと一緒に寝ろと？

「どうかした？」

「い、いえ……なんでもないです」

「そう？　じゃあ早速だけど、一緒に露天風呂に入りましょう」

「え――？」

追い打ちをかけるように衝撃的な言葉が耳を貫く。

お姉さんは荷物を置くと、おもむろに洋服を脱ぎだした。

「ちょ、ちょっと待ってください！」

「どうしたの瑛太くん？」

「今軽く幻聴が聞こえた気がするんですが……一緒にって言いました？」

「うん。そのために露天風呂付のお部屋にしたんだもん」

したんだもん……て言われても。

「それにお姉さん、大浴場だと他のお客さんにばれちゃうかもしれないでしょう？」

確かに旅館に芸能人が来ているなんて知られたら大変なことになるだろう。

そのために露天風呂付の客室にしたのは大正解なんだろうけど、だからって一緒に入るっていうのは、さすがに思春期男子的にぜひともお願い――じゃなくてまずい。

いや、もちろん一緒にお泊まりなんていえば、温泉でばったりみたいな男子高校生としてある意味健全な妄想はしたけれど、こうドストレートにこられると身構えてしまう。

つまりは僕がビビりなだけって話なんだけど……。

「昼間の話じゃないですけど、恥ずかしくないんですか？」

僕が尋ねると、お姉さんの服を脱ぐ手がピタリととまる。

一瞬悩んだような素振りを見せた後——。

「……そういうのは、今は意識しないようにしましょう」

ずいぶん適当な意識ですね！

その後も一緒に入る入らないのやり取りを続ける僕ら。

結局はお姉さんの『せっかくの旅行なんだし……』という言葉に僕が折れる形で一緒に入ることになったんだけど、さすがに裸になるのを見られるのは恥ずかしい。

するとお姉さんは気付いてくれたのか『ごめんね。一緒に服を脱ぐのは恥ずかしいよね！』と言って脱衣所に行くのかと思いきや、僕に脱衣所を使うよう提案してきた。

いや……こういう場合って、女性に脱衣所を使ってもらうものじゃない？

なんて、お姉さんの感覚を一般的な基準で考える僕が間違っていた。勧められるままに脱衣所で脱いでタオルを腰に部屋に戻ると、お姉さんはすでに露天風呂の中だった。

「瑛太くーん。おいでー」

「し、失礼します……」

備え付けのシャワーで身体を洗って温泉に浸かる。

どうしよう……理性と煩悩が頭の中で喧嘩しているせいで動悸がやばい。

なるべくお姉さんの方を見ないようにしたいんだけど、ついつい横目で見てしまうのは男の性（さが）というか本能というか、生まれた意味みたいなものなので許して欲しい。

だけど温泉が白く濁（にご）っているせいで、期待していた光景は見られなかった。

残念だなんて思ってないよ！

「あぁ～いいお湯ねぇ……」

「そうですね」

「こんなにのんびりするの、いつ以来かなぁ……」

お姉さんは肩まで温泉に浸かりながら目を細め、まるで動物園の冬の風物詩——温泉に浸かるカピバラのようにまったりした表情を浮かべながら感嘆の声を漏らす。夏だけど。

僕は温泉に入るのは初めてだけど、確かにいい湯だと思う。

白濁したお湯はわずかにとろみがあって肌を優しく撫でるよう。身体の中まで徐々に温（ぬく）まっていくようなこの感覚は、普段入っているお風呂（ふろ）とは明らかに違いがある。

注ぎ口から溢れるお湯は透明なのに、湯船のお湯が白いのがちょっと不思議。

「瑛太くんは今まで旅行とか行ったことあるの？」

しばらく温泉を堪能（たんのう）していると、お姉さんがまったりしながら尋ねてくる。

「いえ。実は旅行って初めてなんですよね。うちはあんな感じなので、家族で旅行とか行ったことがなくて。中学の修学旅行を除けば旅行らしい旅行なんて初めてです」

「実は、お姉さんもなの」

「お姉さんも?」

ちょっと意外だった。

「小さい頃からお仕事してたから、家族でお出かけする時間もなかったし……それにね」

お姉さんはそこまで口にすると、わずかに目を伏せる。

でもすぐに視線を上げ、笑顔を作って口にした。

「お姉さんが八歳の時に、両親が交通事故で亡くなってね」

「え……」

笑顔で口にするには、あまりにも衝撃的な事実だった。

だけどお姉さんは気にした様子もなく続ける。

「お姉さんが瑛太くんのお母さんとドラマで共演した翌年だったかな……お姉さんがお仕事の日に両親は別の用事があって、お姉さんを撮影場所に送った帰りに交通事故で亡くなったの」

交通事故……。

「お姉さんもまだ小さかったから、どうしていいかわからなくて。うちは親戚付き合いがなかったから、身内に引き取ってもらうこともできなくて……もうお仕事も続けられないなって、幼いながらに思っていたの。でも、その時にね――」

そこまで言いかけて、お姉さんが口を噤む。

お姉さんに視線を向けると、なぜか切なそうに僕を見つめていた。

「お姉さん……？」

わずかに瞳に涙が滲む。

亡くなった両親に思いをはせているんだろうか？

だったらどうして、そんな複雑な表情で僕を見つめているんだろう。

「だから、お仕事の関係でいろいろなところに行ったことはあるけれど、お姉さんもプライベートな旅行として行ったことはないの。だからお互い、これが初めての家族旅行だね」

「そうだったんですね……」

お互いにとって、初めての家族旅行――。

その言葉が嬉しいはずなのに、なんて返していいかわからない。

「ごめんね。しんみりしちゃったね」

「いえ……」

「この話はもうおしまい！　せっかくなんだから楽しまなくちゃね！　そうだ、まだ夕食まで時間もあるし、日が暮れるまで近くをお散歩してみようか」

笑顔で何事もなかったかのように口にする。

だから僕も、それ以上お姉さんの過去に踏み込むことはしなかった。

「そうですね。こんな山奥に来ることなんてあまりないですし」

「じゃあ、そろそろ温泉から出ましょ」

お姉さんがバスタオルを押さえながら立ち上がった時だった。

「あっ――」

「あぶない！」

足を滑らせてバランスを崩すお姉さん。

とっさに両手を広げて抱き留めたんだけど。

「ぬぁ――⁉」

柔らかな感触を感じつつ、支えきれずに倒れた僕は湯船の淵に頭を打つ。

あまりの衝撃に一瞬意識が飛びかけたけど、なんとか踏み留まって意識を保った。

押し付けられるお姉さんの胸の柔らかさを感じながらも、後頭部はたんこぶができるんじゃないかと思うほど痛い。

天国と地獄を味わいながら状況を確認すると。

「お姉さん⁉」

案の定、お姉さんは気絶していた。

「お姉さん、大丈夫ですか――⁉」

もうちょっと感触を味わっていたいとか言ってられない！

肩を摑んで起こそうとすると、今度はバスタオルがはだけて一大事。お湯を吸って重くなっているせいか、起こそうとすればするほどタオルがずり落ちていく。

「どどど、どうしよう⁉」

もうこれお姉さんの裸を見ずに介抱するとか無理でしょ！

必死にバスタオルを掛け直して抱きかかえ、部屋に上がって床に寝かせる。

なるべく見ないようにお姉さんの身体をタオルで拭いた後、なんとかベッドに寝かせた。

「このままってわけにもいかないよな……また風邪をひかれても困るし」

布団をかけておけば大丈夫な気もするけれど、裸で寝かせるわけにもいかない……服を着せたいところだけど、寝ている人に服を着させるのは大変だろうし。

困りながら部屋を見渡すと、棚の上に畳まれている浴衣を見つけた。

「浴衣なら着せられるか……？」

お姉さんをうつ伏せにして浴衣を掛け、袖を通してからゴロンと仰向けにする。

見ちゃいけない部分から視線を逸らし、紐を縛って浴衣を着させることに成功。

「よし……これで大丈夫」

額に滲む変な汗をぬぐいつつ、ミッションをやり遂げた達成感に包まれる。

まさか全裸で全裸の女性を介抱することになるなんて思ってもみなかった。

下着？　そんなの着させる余裕なんてなかったよ。

☆お姉さんの日記☆

おかしいなぁ……お風呂に入っていたはずなのに、気が付いたらベッドだった。瑛太くんは私がお風呂から上がってすぐに寝ちゃったって言ってたけど……お風呂を上がった記憶がないし、浴衣を着た記憶もないんだよね。なんでか下着も着けてないし。足を滑らせて瑛太くんに抱き留められたような記憶があったりなかったりなんだけど、瑛太くんに聞いたらそんなことないって言っていた。

瑛太くん、なんだか顔を赤くして私と目を合わせてくれないような……気のせいかな？

本当は晩ご飯の前に、その辺をお散歩したかったけど残念。

でも夜は長いし明日もあるし、お楽しみはこれからだよね！

もしかしたら今夜、瑛太くんと……なんてね！　そんなことあるはずないよね！　でも念のために、今日は念入りに身体を洗っておいたのは秘密にしておこう。

瑛太くんと素敵な思い出がたくさん作れますように。

第7話　お姉さんと一夜を過ごしました。

お姉さんが目を覚ましたのは夕食の直前――。

散歩を諦めて向かった食事処は、完全個室の落ち着いた空間だった。

懐石料理らしくテーブルの上に置いてあるお品書きには、岩魚の笹蒸し、うどの味噌和え、信州牛のしゃぶしゃぶなど、地元で採れた食材を中心とした料理名が並ぶ。

どれもこれも美味しそうな名前で期待が膨らむんだけど、懐石料理なんて初めて。

テーブルマナーがわからないからお姉さんに聞いてみると『なんか順番にいろいろ出てくるの』とざっくりした説明をしてくれた。とりあえず出てきた順に食べればいいのかな？

仲居さんに飲み物を聞かれると、お姉さんは遠慮がちにビールを頼む。

運ばれてくると、目を輝かせながらグラスを手にした。

「瑛太くん、乾杯しよっか」

「はい」

お姉さんはビールを、僕は地元名産のリンゴジュースの入ったグラスを掲げる。

グラスをこつんと合わせると、お姉さんは嬉しそうにグラスに口を付けた。

「あぁ……お酒なんて久しぶり」

まるでビールのCMみたいにいい笑顔を浮かべる。

「お姉さん、お酒強いんですか？」

「あんまり強くはないけど好きなの。普段はお仕事があるから家では飲まないし、撮影の打ち上げの時も知華ちゃんにとめられてほとんど飲ませてもらえないんだけど、こんな時くらいは好きなだけ飲んでいいよね！」

お姉さんはとても幸せそうにぐびぐびとビールを飲み干す。

知華さんにとめられる理由が少し気になるけれど、お姉さんの言う通りせっかくの旅行だし飲みすぎなければいいかな、なんて思っていたんだけど。

「すみませーん！　もう一杯もらえますかー！」

思った以上のハイペースで、最初の料理が送られてくるまでに中ジョッキを二杯空ける。

しかも料理が運ばれてきてからもお姉さんのペースは留まるところを知らない。

「……お姉さん、大丈夫ですか？」

「大丈夫よ。瑛太くんと一緒だからかな？　なんだか今日はお酒がすごく美味しい気がする。瑛太くんも成人してたら一緒に飲めたのに残念だなぁ。いつか一緒にお酒飲もうね！」

「そうですね」

遠い未来の約束に機嫌をよくしつつ、料理を口にしては流し込むようにビールを飲む。

ビールじゃ物足りないのか、終(しま)いにはワインをボトルで頼んで水のように飲んでいく。すっかり酔ったせいで、最後のデザートが運ばれてきた時には呂律(ろれつ)が回っていなかった。

「お姉さん……？」

「な～ぬ～……？」

グラスを片手に上半身をゆらゆらさせながら返事をしてくる。

あっちに傾いてこっちに傾いて、今にも椅子(いす)から転げ落ちそう。

「大丈夫……ですか？」

「らいじょーぶ！」

「かなり酔ってません？」

「ぜんぜん、よってないから！」

元気よく叫んだ直後、グラスを置いてテーブルに突っ伏す。

あまりの勢いにおでこをテーブルに強打する鈍い音が響き渡った。

「お姉さん!?」

「ごちそー……さま、ですたぁ～……ｚｚｚ」

幸せそうな笑顔を浮かべながら寝落ちするお姉さん。

なんだか今日は、お姉さんの介抱をしてばっかりだ。

ω

「あと少しで部屋に着きますからね」

「うぬぅ……」

酔っぱらってへろへろなお姉さんは、とても自力で歩ける様子じゃない。

仕方がなく、僕は仲居さんたちに心配されながらお姉さんをおんぶして部屋へと向かった。

お姉さんはそんなに重くないんだけど、地味に階段を上るのがきつい。

部屋の前に着くと、お姉さんをおぶったまま鍵(かぎ)を開けて中へ入る。

ベッドまで連れていくと目を覚ましたお姉さんがベッドへダイブ。

「ありがとう瑛太く～ん」

少し時間がたって元気になったのか、お姉さんはうつ伏せになりながら楽しそうにベッドの上でバタバタする。まるで初めてベッドに横になった子供みたいなはしゃぎよう。

「大丈夫ですか？　気持ち悪くないですか？」

「うん。大丈夫だよ」

「……それならよかったです」

安心してお姉さんの顔を覗(のぞ)き込むと、お姉さんは笑顔で僕を見つめる。

酔っぱらっているせいか、その瞳(ひとみ)がすごくうっとりしているように見えた。

「ねぇ……瑛太くんも横になろうよ。ベッド、気持ちいいよ」

お姉さんは僕の浴衣の袖をきゅっと摑む。

その力が思ったより強くて抗えなかった。

「じゃあ……少しだけ」

ベッドは一つ。

どうせ寝る時は一緒なんだからと自分に言い訳をしてお姉さんの隣に寝転ぶ。

「瑛太くんの顔が近いねぇ……えへへ」

「ですね……」

お互いの呼吸を感じてしまう距離感。

前にもお姉さんのベッドで一緒に寝たことはあるけれど、あの時とは状況が違う。お姉さんは手足を縛っていないし、なによりここは旅行先。邪魔する人は誰もいない。

なんだかとても困った状況というか、ある意味順調に事が進んでいるというか……。

事故が起きてもおかしくない雰囲気に心臓がドキドキしてやばい。

「今日……楽しかったねぇ」

「そ、そうですね……」

「富士山、おっきかったねぇ……」

「お、大きかったですね……」

「温泉も最高だったね……ちょっと臭いけど」

「確かにちょっと臭かったですね……」

まるでお互いに様子を見ているかのような会話を繰り返す。

すると不意に、お姉さんが僕の頰に手を伸ばしてきた。

「ありがとうね……一緒に旅行に来てくれて」

「こちらこそ……ていうか、お姉さん」

楽しそうに僕の頰をさするお姉さんを見てふと思う。

「僕に触れてるのに気絶しないですね」

「今は突然じゃないし……お姉さんから触ってるからね」

気の持ちようだけじゃなく、お酒が入っているせいもあるんだろう。

つねったり引っ張ったりぺしぺししたり、まるで遊ぶように僕の頰を弄ぶ。

「ふふふ……瑛太くんのほっぺ、柔らかいねー」

「楽しんでもらえているようでなによりです……」

そう口にした時だった。

不意にお姉さんが起き上がり、僕に覆いかぶさる。

見上げる視線の先には、うっとりした表情を浮かべるお姉さん。

長い髪が垂れてきて、僕の頰をくすぐるように撫でた。

「ねぇ瑛太くん……」

「は、はい……」

「二人で思い出、作ろっか……」

このシチュエーションで思い出って……絶対にアレしかないでしょ！

全く期待していなかったと言ったら嘘になるけど……まさか本当に⁉

考えている間にもお姉さんの顔がどんどん近づいてくる。

もはや避けられない距離だし避ける気もない。

「でも僕、こういうこと経験なくて……」

「大丈夫。お姉さんも初めてだから……」

――ここまで来たらお互いにとまらない。

もういいや！　なるようになれ！

心の中で叫んだ時だった――。

「いくら保護者でも、未成年に手を出したら犯罪でしょうが」

「――むぐぅ」

聞きなれた声とともに、お姉さんの顔が布団に埋もれる。

「まったく……お酒が入ると我を忘れるから飲むのをとめてるのに」

開けた視線の先には、見慣れた姿があった。

「え……知華さん？」

「お取込み中のところ悪いわね」

「あ、いや……これは」

言い訳を考えてみるけれど、どこからどう見たってアレな感じ。

お姉さんに助けを求めようと視線を向けると、すでにぐっすりと眠っていた。

「えっと……どうして知華さんがここに？　お姉さんに用ですか？」

「いいえ。沙織(さおり)じゃなくて、あなたに話があって来たのよ」

「僕に話――？」

わざわざこんなところにまで来て？

「とりあえず起きてくれる？　沙織はお酒が入ると起きないから放っておいていいわ」

「はい……」

お姉さんの下からゆっくりと這(は)い出て寝室を後にする。

なんとなく正座をしてしまったのは生存本能だろう。

「別に取って食おうとか思ってるわけじゃないから、そんなにビクつかなくて大丈夫よ」

「ほ、本当ですか……？」

「なんで疑うのよ。そんなに私、怖い人に見える？」

見えますなんて言ったら舌をちょん切られてしまいそう。

「どうしてここがわかったんですか……？」

「沙織には会社名義で契約したスマホを渡してるんだけど、位置情報を私が拾えるようにしてあるのよ。今まで何度も迷子になったりしたし、万が一なにかあった時のためにね」

確かに方向音痴のお姉さんには必要かもしれない。

でも、まさかこんなふうに使われるとは思ってもみなかっただろうな。

「ここ数日、沙織がずいぶん浮かれてるみたいだったから、なにかあるんだろうと思って調べてみたら山梨でしょう？　きっと二人で旅行にでも行ってるんだろうと思って。邪魔したくはなかったんだけど、さすがに事務所の女優を犯罪者にするわけにはいかないじゃない？」

なにも言えない……。

「どうせ酔っぱらった沙織の方から手を出そうとしたんでしょうけど、我慢してくれると助かるわ。男子高校生にとっては酷な話かもしれないけど、あの子の未来に関わるから」

「はい……」

肝に銘じておきます。

「それにしても……」

知華さんは庭にある露天風呂を眺めながら口にする。

「客室露天風呂付なんて、いい部屋を選んだじゃない」

「お姉さんが大浴場だと芸能人だってばれるかもしれないと思ったらしいです」

「せっかくだからちょっと借りようかしら」

「え？」

知華さんは立ち上がり、おもむろにスーツを脱ぎだす。

「ちょ、ここで脱ぐんですか⁉」

「なにか問題があるかしら？」

「僕がいます……」

「見られて恥ずかしいようなスタイルはしてないわ」

「いや、でも……」

お姉さんといい知華さんといい、人前で脱ぐ趣味でもあるんだろうか。

「うるさいわね。見たくないなら目を閉じていなさい」

見たいなら見ていいと言われているようなものだけど、だからと言って堂々と見るのも気が引ける。なんだか惜しいような気もするけれど、僕は煩悩(ぼんのう)を抑えて視線を下げた。

しばらくしてから視線を戻すと、知華さんはタオルで体を覆っていたんだけど。

その姿に、思わず見蕩(みと)れた。

「……見るなとは言ってないけど、そんなにじろじろ見るのもどうなのかしらね」

「あ、いえ……すみません。すごくスタイルがいいと思って」

いやらしい意味じゃない。

思わず口に漏らしてしまうほど、知華さんのスタイルは美しかった。

タオル越しでもわかるシルエットは女性特有の柔らかなS字を描いていて、肌は白い陶器のように艶やか。髪をまとめてアップにして見えているうなじがぐっとくる。

お姉さんもスタイルはいいけれど、知華さんはまるで芸術品のように完璧。

モデルだってここまでスタイルがいい人はそういないんじゃないだろうか。

「昔は女優をしていたからスタイル維持が習慣になっているのよ」

「女優——？」

驚く僕をよそに知華さんはゆっくりとお湯に浸かる。

その所作すら目を見張るほど妖艶で美しかった。

「ふぅ……いい湯ね」

ぱしゃぱしゃと湯を肩に掛ける音が響く。

「どうして女優を辞めたんですか？」

こんなことを聞いたら怒られるかもしれないと思った。

でも、女性なら一度は憧れる女優という仕事を辞めてお姉さんのマネージャーになり、そして今はセカンドハウスの社長をしている経緯が、どうしても気になってしまった。

「……別に隠すことでもないし、あなたになら話してもいいかしらね」

知華さんは少し考えるような仕草を見せる。

しばらくすると湯船の淵に肘を置いて話し始めた。

「私は元々、沙織と同じ子役だったの」

「子役……？」

「沙織と同じ時期にデビューして共演したこともあった。あの頃は子役として沙織と人気を二分していて、でも沙織の方が少しだけ人気が上で、よくライバル視していたわ」

女優の同期と言っていい相手と人気を二分……そりゃライバル視もするだろう。

「沙織の両親の話は聞いてる？」

「はい……子供の頃に亡くなったとだけ」

知華さんは小さく頷く。

「沙織の両親が交通事故で亡くなって、沙織はもう芸能活動ができなくなるんじゃないかって周りの人たちも心配していたの。そんな時――沙織の前に一人の女性が現れた。その人は沙織を引き取って新たに芸能事務所を立ち上げたの。それがうちの先代の社長よ」

以前、知華さんから聞いたことがある。

ある日突然、行方をくらましたって……。

「幼いながらに沙織の才能を見抜いていて、その才能を潰したくなかったんでしょうね。もし先代の社長が現れてなかったら、間違いなく沙織は芸能界から姿を消していたはずよ」

引き取ってくれるだけでなく、お姉さんのために事務所まで。

まさに恩人と言っていい人だろう。

「セカンドハウスっていう社名は『もう一つの家』を意味していて、社長は沙織のように家族のいない人や、家族の問題を抱えた人たちを集めて会社を大きくしていった。私もその内の一人でね……当時、私の家庭環境は崩壊していた。私の稼いだお金を目当てに夫婦関係を継続しているような両親で、そんな私の事情を知った先代の社長が私も引き取ってくれたの。だからセカンドハウスの人たち全員が家族みたいなものだった……あの頃は楽しかったわ」

湯船を見つめる視線には、どこか懐かしむような感情が見て取れる。

いつも厳しい表情をしている知華さんからは、想像できない顔だった。

「優しい人たちばかりだったんでしょうね……」

「そうね……」

知華さんは懐かしむような表情を浮かべる。

「でも、私は成長するにつれて自分の演技力が伸び悩んでいることに気付いていたの。このまじゃ生き残れない――そんな焦り(あせ)を持ち続けたまま高校三年生になったある日、久しぶりに沙織と共演する機会があった。あの時のことは、今でもはっきり覚えているわ……」

「……」

「この子には、絶対に勝てないと思ったのよ」

「勝てない……?」

「気が付けば、女優として圧倒的な差が開いていたの」

圧倒的な差……。

「同じ事務所に所属していても、一緒に仕事をすることなんてなかったから気付かなかった。私が伸び悩んでいる間に、沙織は女優として誰もが目を見張る成長を遂げていたわ」

語る声音はわずかに影を落とす。

「よくある話よ……神童と呼ばれた天才が、大人になったら大したことがない普通の人間になることも、逆に才能を伸ばしてトップ女優に上り詰めることも。私は前者で、沙織は後者だったってだけのこと。それでも、女優の仕事を誇りに思っていたからショックだったわ」

その気持ちは少しだけわからなくもない。

誰だって自分にない物を持っている人に対して嫉妬くらいするだろう。

少し違うかもしれないけど——今でこそ僕は自分の境遇を受け入れているけど、小学校くらいまでは自分の家庭環境を悲観して普通に両親のいる友達に嫉妬したりもした。

そうやって自分と誰かを比べて心を痛めた記憶は何度もある。

「でも沙織の演技を見て感じたのは悔しさだけじゃなかった」

「悔しさだけじゃない？」

「その圧倒的な才能に、私は惚れてしまったの」

惚れた……？

「残念だけど私に演じる才能はなかった。でも、女優をしていたからこそわかる――この子の才能はまだまだこんなものじゃない。この才能を多くの人に見てもらいたいと思った。だから高校を卒業するのを機に女優を引退して、沙織のマネージャーになったの」

ふと思った――。

自分のやりたいことを諦められるほどの才能と出会えたことは幸せなのだろうか？　もし自分だったとして、夢を諦められるほどの覚悟を持つことが自分にできるだろうかと。

だけど、夢どころか進路すら決まっていない僕にはわからない。

「女優を辞めたこと、後悔は……していないんですか？」

失礼な質問だと思う。

だけど、気が付けば口から零れていた。

「後悔？　そんなもの微塵もしてないわ」

知華さんは迷いもなく即答した。

まるで愚問とでも言わんばかりに。

「むしろ、悩んだままずるずると女優を続けていた方が後悔していたかもしれないわね。そういう意味では、私に女優の道を諦めるきっかけをくれた沙織には感謝してる。おかげで今の私があるんだもの」

その言葉は、決して強がりではないんだろう。

それが本心かどうかなんて、知華さんの目を見ればわかる。

「すみません。変なことを聞いて」

「気にしないで。辞めた頃はよく聞かれたことよ」

言葉の通り、全く気にした様子はなかった。

「あとは前に話した通り――沙織が二十歳になった時に先代の社長が突然いなくなって、他の人たちもそのショックで徐々に辞めていき、残ったのは私と沙織の二人だけ。私が社長をやるしか事務所を存続させる方法がなかったのよ」

ようやくお姉さんの事務所が二人きりの理由を理解できた気がした。

「その後は大変だったわ。沙織は社長がいなくなったショックでしばらく仕事にならないし……そんな状況が二年ちょっとも続けば仕事もなくなる。もういい加減事務所を畳まないといけない状況に陥った時、急に沙織が元気になって仕事をバリバリしだしたの」

それってもしかして……。

「あの時はどうして急にと思ったけど、今にして思えばあなたと出会ったからでしょうね。事情はどうあれ、あの子を立ち直らせてくれたことには感謝してるわ」

「いえ……」

思いがけず知ることになった二人の過去。

お姉さんが今こうして笑顔でいられることが奇跡とも思える。

だって両親を亡くし、育ての親すらもいなくなってしまったんだから。

それでも笑顔でいられるのは、きっと知華さんの存在があるからだろう。苦楽を共にしてきた同志というか、いや——きっと姉妹のような存在がいるからだ。

僕はただ、お姉さんが頑張るきっかけになったにすぎない。

「ちょっと話が逸れたけど、本題に移っていいかしら？」

「はい。僕に話……でしたよね」

わざわざ旅行先まで押し掛けるほどの理由とは？

「あなた——元女優の水咲美雪の息子なの？」

向けられた視線には、わずかに疑念が浮かんでいた。

でもそれは決して珍しいことじゃない。これまでお母さんの話をした全ての人が似たようなリアクションをしていた。驚きと疑いを混ぜ合わせたような複雑な表情で僕を見る。

だけどどうしてか、知華さんの表情はそんな人たちとは少し違った。

その瞳には、わずかに期待のようなものが見て取れる。

「……お姉さんに聞いたんですか？」

「いいえ。コスプレ警官から聞いたの」

ああ、朱音さんか……。

朱音さんが簡単に僕の個人情報を教えるとは思わないけど、お姉さんの関係者ともなれば事

情を話しもするか。まぁばれて困るようなことじゃないからいいけど。

「本当なの？」

「はい。すでにお姉さんから聞いているものだとばかり思っていました」

「そう……本当だとしたら、なおさら沙織は話さないでしょうね」

「なおさら話さない？」

その一言が頭のど真ん中で引っ掛かる。

だけど知華さんは詳しく話すことなく次の言葉を口にした。

「改めてだけど、沙織のマネージャーをやってもらえないかしら」

「え……？　話って、そのことですか？」

「考えてくれたかしら？」

そのためだけに、わざわざこんな山奥まで？

「セカンドハウスは私と沙織の二人きりの事務所。今の沙織の仕事量を考えれば人手が足りなさすぎるの。気難しい沙織をコントロールできるあなたなら、きっとうまくやれると思う」

「いや、でも……」

「もちろん学業を優先してくれてかまわないし、働いてもらう分の給与だって支払うわ。お父さんがどうなるかわからない以上、将来を考えれば収入を得ておく必要はあるでしょう？　なんならあなたが成人するまでの間、会社で面倒を見てもいい」

まくしたてるように好条件を提示してくれる知華さん。

でも、どうしてそこまでして僕をマネージャーにしたいんだろう?

いや、理由は今語ってくれたからわかる。わかるけれど……僕がお姉さんをコントロールできるからって、芸能界に疎(うと)い、しかも学生の僕に頼むのは腑(ふ)に落ちない。

異常な熱心さに、どこか他意があるような気がした。

だからってわけじゃないけれど――。

「すみません。やっぱりお受けできません」

「どうして?　なにか不安なことでもあるの?」

「不安がないわけではないんですけど……」

「他に引き受けられない理由でもある?」

知華さんは食い下がる。

「……僕が元女優の息子だからという理由も加味してのことでしたら、残念ですけどご期待には沿えません。朱音さんから聞いていると思いますけど、僕が物心つく前に両親は離婚していますから、僕には芸能界の知識や伝手(つて)は皆無です。とても勤まるとは思えません」

知華さんは難しい顔をしたまま僕の言葉に耳を傾け続ける。

「それに、前に言いましたよね――『マネージャーといっても今までみたいにお姉さんのスケジュール管理と付き添い。今してることに少しだけ仕事が増える感じ』だって。マネージャーになっても大してやることが変わらないのなら、形に拘る必要はないと思うんです。生意気に聞こえるかもしれませんが……僕はお姉さんの部屋に置いてもらう代わりに家事やお世話を頑張ろうって決めたんです。だから、それでお金を貰うわけにはいきません」

これは僕にとって、養われる上でのけじめのようなものだった。

「そう……」

知華さんは深く息を漏らす。

「これが一番の選択だと思ったんだけど……仕方がないわね」

「すみません。わざわざこんなところまで来てもらったのに」

知華さんは小さく首を振る。

「沙織のためなら大したことないわ」

「本当にお姉さんの才能に惚れてるんですね」

「もちろんよ。沙織をトップ女優にするためなら、私は手段を選ばない——私たちは約束を果たすまで、なにがあってもこの世界で足掻き続けるって決めたんだから」

約束——その言葉の意味はわからない。

でもその声音には、どこか覚悟のようなものが窺えた。

その後、話が終わると知華さんは旅館を後にした。

時間も遅いし旅館の人にお願いして一緒に泊まればと提案したんだけど、明日も朝から仕事があるから休むわけにはいかないらしい。

部屋に残された僕は、一人温泉に浸かりながら考える。

一緒に暮らすようになって二ヶ月だけど、僕はまだお姉さんのことを全然知らない。

お姉さんとのことも、進路の件も、アルバイトの件も……最近は考えることばかり増えていくのにほとんど解決していない。やっとマネージャーの件が片付いたくらいだ。

この旅行が終わったら、ちゃんと考えないとな……。

そう思うと……この楽しい旅行がずっと続けばいいのになんて思ったりした。

ω

翌朝——。

チェックアウトを済ませた僕らは、仲居さんたちにお礼を言って旅館を後にした。

「「お世話になりました」」

昨晩、知華さんが帰ってから寝ようと思ったものの、ベッドはお姉さんが占拠済み。

ダブルベッドだから少しずれてもらえば一緒に寝られはするんだけど、そのためだけに熟睡しているお姉さんを起こすのも忍びない。一度事故が起こりかけているのを考えると床で寝るべきだろうなと思った僕は、座布団を重ねてベッドの下で寝ることにした。

よく寝られたかって？　成人女性二人の裸を見た後に寝れるはずないでしょ。

ちなみにお姉さんには、知華さんが来たことは話していない。

ぐっすり寝ていて気付かなかっただろうし、あえて話すことでもない。

僕らはマチ子に乗り込んで渓谷を下り、温泉の臭いが遠のいていく。

「もっとゆっくりしたかったなぁ……」

「そうですね。なんだか帰りたくない気分です」

お互いに後ろ髪を引かれながら温泉地を後にする。

「いっそここに住みたいくらいだよね」

「さすがになにもない山奥はちょっと不便じゃないですか？」

「不便はあるかもしれないけれど……こういう旅館で仲居さんをするの、ちょっと憧れるのよね。老後は知る人ぞ知る秘境の温泉地で旅館を経営するのとかいいかもしれない。そしたらお姉さんは女将さんで、瑛太くんは料理長だね！」

なんて言いながら、当てのない未来を想像しながら盛り上がるのも悪くない。

お姉さんは運転をしながら『一億あれば足りるかな？』なんて具体的に計算を始める。

「ところでお姉さん。今日の予定も未定ですか？」

「そうね。でも、もう一つ行きたい場所があるの」

そういえば昨日、行きたいところは二つあるって言ってたっけ。

一つは富士山、もう一つはどこだろう。

「付き合ってくれる？」「もちろんです。行きましょう」

「ありがとう……」

どうしてだろうか？

そう口にするお姉さんの横顔は、どこか緊張しているように見えた。


「ここは……？」

やって来たのは、長野県内にある小さな駅だった。

田舎のローカル線らしく、無人駅の建物はプレハブのように小さく線路も単線。線路沿いを走る道路との境界もなく、生い茂った雑草がフェンス代わりのように伸びきっている。

見渡す限り田んぼが広がっていて、視界全てが緑一色に覆われていた。

穏やかな風が吹き、田舎独特の緑の匂いが鼻をかすめる。

「ここは変わらないな……」

お姉さんは懐かしむように穏やかに目を細める。

……ここがお姉さんの来たかった場所？

「瑛太くん、ここ見覚えない？」

「見覚え……ですか」

不意に尋ねられて記憶を探るがわからない。

少なくとも僕にとっては初めて来る場所だ。

「昔ね、一度だけ撮影でこの駅に来たことがあるの」

「撮影で……？」

瞬間、記憶の中から一つのシーンが浮かび上がる。

記憶と目にしている光景を照らし合わせ、驚きのあまり口にする。

「もしかして……あのドラマの撮影があった場所？」

「そうよ」

お姉さんは風になびく髪を押さえながら呟く。

確かあれは、ドラマの後半に放送されたエピソード。

子役を演じていたお姉さんの母親役、つまり僕のお母さんが演じていた女性が、娘を父親の実家に奪われた後に行方をくらませて、娘が母親を探して見知らぬ土地に足を運ぶ回。

そして母親と感動の再開を果たし、二人で生きていく決意を新たにするシーン。

その時に娘が一人で電車を乗り継いでやって来たのがこの駅だったはず。

あれから長い年月が過ぎて、あちこちがさびれているけれど間違いない。

「なんか不思議な感じですね……テレビの向こうで見た場所にいるなんて」

お姉さんは小さく笑う。

「中に入ってみようか」

「はい」

駅に足を踏み入れると、中は思った以上に老朽化が進んでいた。

それもそうだろう。あのドラマが撮影されたのは、今から十七〜八年前。画面越しに見た光景の面影はあるものの、当時に比べるとだいぶ古ぼけてしまっている。

ラックに置かれている観光案内のパンフレットも埃(ほこり)を被っていた。

「ずいぶん古くなったけど、変わらないね……」

お姉さんはぽつりと言葉を零す。

「お姉さんね、小さい頃の記憶はあまりないの。たぶん両親が亡くなったショックで覚えていないんだと思う。その中で一番印象に残ってるのが、ここだったんだ」

懐かしむように眺める瞳が、滲(にじ)んでいるようにも見えた。

「撮影が終わった後ね、本当はバスで近くの旅館まで移動するはずだったんだけど、お姉さん電車に乗りたいって我がままを言ったんだって。どうしてそんなことを言ったのかは覚えてないんだけど、すごく乗りたいって思ったのは覚えてるの」

「子供なんてそんなものでしょう」

「そうかもね。でもみんなから駄目だよって言われちゃって……その時にね、瑛太くんのお母さんが『私が付き添うから、近くの駅で落ち合いましょう』って言ってくれたの。それがすごく嬉しくてね……電車なんて一時間に数本しかないのに、私のために待っててくれたんだ」

お母さんが、そんなことを……。

「いろんなお話をしたはずなのに、覚えてなくて……それがちょっと残念」

「…………」

「いつか来たいと思ってたんだ……来れてよかった」

だけどその表情は、喜びよりも別の感情が滲んでいる。

「瑛太くん……あのね」

真剣な表情を保ったまま、お姉さんは僕を見つめる。

まるで今にも消えてしまいそうな儚(はかな)さを携えて。

「実はね、お姉さん――」

なにかを言いかけた時だった。

遠くから電車の汽笛が鳴り響き、お姉さんの声をかき消す。

あのドラマなら、ここで娘役だったお姉さんが降りてきて、母親役だったお母さんと感動の再会をするんだけど――今はドラマのワンシーンではなく現実でしかない。

ホームに停まった電車から降りてくる人は誰もいなかった。

すぐに電車は発車して、数分前とかわらない静寂が訪れる。

「お姉さん……？」

なにかを言いかけたお姉さん。

きっとその言葉は、なにかの決意を帯びたものだったはず。

「ううん……なんでもない。一緒に来てくれて、ありがとうね……」

だけどお姉さんは口を噤み、唇をわずかに噛んだ。

言葉とは裏腹に、なんでもないはずがないのは明らかなのに。

結局――その先の言葉は聞けず、僕らは旅行を終えたのだった。

☆お姉さんの日記☆

実は起きていたんだけど、二人が話し込んでいたから寝たふりをしちゃった。

瑛太くんを私のマネージャーにしようとしてるのは驚いたけど、そっか……知華ちゃんも瑛太くんのお母さんのことを知っちゃったか。いつかばれるとは思っていたけど、まさかコスプレ警官から漏れるなんて……口止めしておくんだったな。

今更そんなことを言っても仕方がないよね。

いつか全てを話さなきゃいけないってことはわかってる。

ううん……いつかじゃない。すぐにでも話さなくちゃいけない。

でも本当のことを話したら、きっと瑛太くんは悲しむ……もしかしたら一緒にいられなくなるかもしれない……瑛太くんに嫌われたらどうしようって思うと言葉が続かない。

本当はこの旅行が終わるまでに話そうと思っていたのに、ダメだった。

思い出の場所に行けば勇気が出るかなって思ったのに、言えなかった。

それでも、このままずっと秘密になんてしておけないよね……。

第8話　お姉さんと別居を告げられました。

楽しかった旅行が終わって一週間後――。

一学期も終わりが見えてきた七月中旬の週末。

僕とお姉さんは久しぶりに穏やかな休日を過ごしていた。

お姉さんは紅茶を飲みながら雑誌を読んでいて、僕は朝から家事に精を出している。

先週の週末は旅行で大掛かりな掃除ができなかったから今日は徹底的にやろう。

そう思った僕は、天気がいいこともあり洗濯だけじゃなくて布団や絨毯をベランダに干したり、いつもは掃除機をかけるだけの床を水拭きしたり。

お姉さんも手伝うと言ってくれたんだけど、丁重にお断りをした。

気持ちは嬉しいんだけど、ぶっちゃけ余計な仕事が増えるなんて言えない。

でも不思議だよね……最初は洗濯をする度にお姉さんの下着にドキドキしていたのに、慣れてくるとただの布にしか見えない。今じゃなんの抵抗もなく手に取れる。

輝翔曰く『女性が身に着けていない下着はただの布』らしいんだけど、今ならその気持ちがよくわかる。呆れて聞き流していた当時の自分に謝らせたい。

そんな感じで午前中は家事で時間が過ぎ、お昼ご飯を食べてのんびり過ごす。

たまには家で過ごす休日もいいもので、気が付けばもう夕方になっていた。

「お姉さん」

「なにかしら？」

「ちょっと夕飯の買い出しに行ってきますね」

「お姉さんも一緒に行くわ」

「一人で大丈夫ですから、ゆっくりしててください」

「そんな……なんだか悪いじゃない」

「気にしないでください。僕の仕事なので」

「じゃあ……お願いしようかな」

「はい。なにか食べたいものとかありますか？」

「今日見た雑誌に載ってたんだけど、夏野菜のたくさん入ったカレーが食べたいわ」

夏野菜のカレーか……確かに、最近カレー食べてないからいいかも。

「わかりました。ナスとかオクラとかトマトとか、たくさん入れましょう」

「おナスとオクラ……もう想像するだけで美味しそう！」

僕はテーブルに置いてあった財布を手にして立ち上がる。

ちなみのこの財布、お姉さんが食費用に用意してくれた財布なんだけど……渡されてからしばらくは、蓋が閉まらないほど札束が詰められていて軽く引いていた。

一ヶ月分の食費だけで充分ですと言って三万円だけ貰ったら『え……そ、それだけで足りるはずないよね?』って驚いていたけれど、いままでいくら掛かっていたんだろう?

こんな感じで金銭感覚のズレを感じた回数は両手でも足りない。

「気を付けて行ってきてね!」

「はい。なるべく早く帰ってきますね」

でも、前みたいに事あるごとに札束を渡されていたのに比べたらマシだよね。

少しずつ、お互いの生活が噛み合ってきているような気がしていた。

ω

買い出しを終えて家に着く頃には日が傾きかけていた。

カレーに入れる夏野菜はなにがいいかと悩みながら買い物をしていたら、思いのほか時間がかかってしまい夕方の七時を過ぎている。

「早く帰るって言ったのに、だいぶ遅くなっちゃったな」

急いで帰宅し、マンションに着いて玄関を開ける。

するとと、見覚えのあるパンプスがあった。

「これ……知華さんのだよな」

前に知華さんが部屋に来た時にあったものと同じ。

あの時は泥棒と勘違いして朱音さんに電話したんだっけ。

一ヶ月前のことなのにずいぶん昔のことのように感じる。というか、お姉さんと出会ってから時間の流れが速く感じるんだよな。それだけ充実してるってことだろうけど。

せっかくだから、知華さんも一緒にご飯を食べていってくれれば――。

「どうして隠していたの？」

不意にリビングから知華さんの険しい声が響いてきた。

何事かと思い、思わずドアの前で足がとまる。

「隠していたわけじゃないもん……」

「だったらどうして私にばれた時にすぐ話さなかったの？」

「なんて言っていいか、わからなくて……」

知華さんの深い溜め息が聞こえてくる。

「仕事場に連れて行った時に吐いた嘘が、まさか本当だったなんてね……」

仕事場？　嘘？

「彼はどこまで知っているの？」

「まだなにも話してない……なんて伝えれば傷つけずに済むかわからないの」

「確かに……彼の気持ちを考えると複雑よね」

いったいなんの話だろうか？

「知華ちゃんこそ、どうしてマネージャーの件を黙ってたの？」

「聞いていたの……？　でもそれは……彼が受けてくれるかわからなかったし、沙織をぬか喜びさせても悪いと思ったからよ。それに今は、その話は関係ないでしょう？」

「関係なくないよ。マネージャーをするなら、遅かれ早かれ知ることになるもの」

「そうよ。だからこそ、私には話しておいて欲しかった――」

……僕の話？　それにしては妙に真剣な話をしているように聞こえる。

なんの話かはともかく、このまま廊下で立ち尽くしているわけにもいかない。盗み聞きがばれる前に、二人の会話が途切れたタイミングでリビングへと足を踏み入れる。

「ただいま戻りました」

「あ……瑛太くん、おかえりなさい」

お姉さんが慌てて笑顔を作って僕を見つめる。

二人が僕に向ける視線に、明らかな違和感を覚えた。

「知華さん、来ていたんですね。これから晩ご飯を作るのでよかったら――」

それでも気にせずに言いかけた時だった。

「その前に、二人に話があるの――」

知華さんは真剣な表情を浮かべて口にする。

それだけで、只事ではないのは理解できた。

「……わかりました。ちょっと待っていてください」

買ってきた食材を冷蔵庫にしまい、ソファーに座って知華さんと向かい合う。

目の前には厳しい表情を浮かべる知華さんがいて、隣には困惑した表情を浮かべながら俯くお姉さん。重苦しい空気が部屋を包む中、知華さんがバッグから数枚の紙を取り出す。

テーブルに並べられたそれに視線を向けると、賃貸住宅の物件案内だった。

「これは……？」

「結論から言うわ——あなたには、この部屋を出て欲しいの」

「え……」

僕とお姉さんの声が重なる。

「今日は改めて、この前の話の続きをしにきたのよ。あれからいろいろと考えたけれど、いくら沙織が保護者になったとはいえ、やっぱり二人の同居を容認するわけにはいかないわ。今の関係を続けるのはリスクが高すぎ——」

「嫌——！」

お姉さんの叫び声が知華さんの声をかき消す。

「知華ちゃんがなにを言っても、私たちは絶対に——」

「沙織、あなたじゃないのよ」

今度は知華さんがお姉さんの声を一蹴した。

「私じゃない……？」

「そう――私は沙織にじゃなくて、彼に話しているの」

「僕に……？」

その視線は、まっすぐに僕を捉えていた。

「あなたは歳の割にしっかりしているし、私が言っていることも理解出来るでしょう？　この状況が、どれだけ沙織の今後について危機的な状況であるかは」

「それは……」

「前にも言ったけど、もしばれたら沙織が保護者だとしてもマスコミは面白可笑しく書くでしょう。一度スキャンダルに晒された女優が復帰するのは簡単なことじゃない。ましてや未成年と同居なんて、やましいことがなかったとしても、あることないこと書かれるでしょうね」

それは充分に理解しているつもりだ。

以前、知華さんが言っていたように契約解除に伴う違約金みたいなものもあるんだろう。ニュースやSNSで問題を起こした芸能人が炎上するのを何度か見たことがある。

つまり、あんなことがお姉さんにも起こりえるんだ。

「とはいえ、あなたの事情もわかる。未成年という立場で保護者が必要なことは多いでしょうし、沙織が保護者であることにも異議はない。それでも、一緒に暮らし続けるのだけは認められない。だから私があなたの住む部屋を用意する——これが許容できる限界よ」

差し出された物件情報に目を落とす。

確かに知華さんの言うことは最もだ。

冷静に考えれば、この状況は確かに問題だらけ。

僕がお姉さんと一緒にいることで迷惑をかけてしまう可能性は高すぎる。わかっていたのに僕はお姉さんと一緒に過ごす時間が楽しくて、今の今まで甘えすぎていたんだろう。

こうして第三者に指摘をされれば、僕らの関係のいびつさは明白だ。

でも、一つだけ疑問が残る——。

それならどうして知華さんは僕にマネージャーを進めたんだろうか？　多少なりとも僕のことを——いや、僕らの関係を認めてくれているからじゃなかったのか？

それなのに、マネージャーを断った直後に別れろだなんて……。

「他に方法はないでしょうか？」

「ないわ」

知華さんは間髪入れずに即答する。

その表情は初めて会った時と同じ、有無を言わせぬ冷たさがあった。

「あなたが部屋を出ていく——それが、あなたが沙織のためにできる唯一のことよ」

もうだめだと思った。

なにを言っても知華さんを説得できない――そう思った時だった。

不意に激しい音がリビングに響き、僕と知華さんは思わず肩を震わせる。

驚いて視線を向けると、お姉さんがテーブルに握りこぶしを叩（たた）きつけていた。あまりの衝撃にグラスが倒れ、中の紅茶がテーブルからこぼれて絨毯に滴（したた）り落ちる。

「もうやめて……これ以上、瑛太くんを苦しめるなら知華ちゃんでも許さない」

お姉さんは知華さん以上に険悪な表情で見据える。

明確な怒りの色を浮かべるお姉さん――こんな姿を見るのは初めてだった。

「私はなにがあっても瑛太くんと一緒にいるって決めたの。中途半端（ちゅうとはんぱ）な覚悟で瑛太くんの保護者になったわけじゃない。マスコミにばれて芸能界を引退することになってもいい」

「冗談はやめて」

「冗談じゃない」

「沙織……あなた、私との約束を忘れたの？」

その一言に、お姉さんは撃ち抜かれたような表情を浮かべた。

「それは……」

何度か出てきた約束という言葉――その意味するところはわからない。

でもお姉さんは明らかに動揺していた

「で、でも……」

混乱しているかのように言葉を詰まらせるお姉さん。

そんな姿を、もう見ていられなかった。

「わかりました」

「瑛太くん……？」

「知華さんの考えはわかったので、少しだけ時間をくれませんか？」

「どのくらい？」

「気持ちの整理で……一週間」

「わかったわ」

知華さんは答えるとソファーから立ち上がる。

「一週間後にまた来るから、それまでに気持ちを固めておいて。あなたたちがなにを言っても私は二人の同居をやめさせる。それでも一緒にいたいというのなら、そうね……私が納得できるだけの理由を用意することね。そんなものがあればの話だけれど」

そう口にすると、部屋を後にした。

「………」

部屋に残された僕とお姉さんは、言葉を交わすことなく黙り込む。

どれくらいそうしていたかもわからない。

不意にお姉さんが僕の服の袖を掴む。

その力が、妙に強く感じた。

「ごめんね、瑛太くん……」

「謝らないでください。誰も悪くないですよ」

そう。誰も悪くない。

お姉さんの気持ちも、お姉さんを想う知華さんの気持ちも。

悪いとするならば、養われることに甘んじてきた僕自身だろう。

常に受け身で、流されるままに過ごしてきて、お姉さんの優しさに甘えっぱなしで……なんとかしなくちゃと思っていたのに、なにもしなかった。

知華さんがお姉さんではなく、僕と話していると言った意味もわかる。

これは僕の問題なんだから、どうするかを決めるのは僕なんだ。

それにお姉さんに判断を仰いだら、さっき口にしたように本当に芸能界を辞める可能性だってある。前に朱音さんにばれそうになった時も、同じことを口にしていたっけ。

だから僕が、どうするか考えなければいけない。

だけど、どれだけ考えても答えは見つからなかった。

☆お姉さんの日記☆

知華ちゃんがあんなことを言うなんて思わなかった。

私たちのこと、認めてくれていると思っていたのに……だから瑛太くんを私のマネージャーにしようとしてくれてるんだと思ってたのに……違ったの？

瑛太くんがあの人の息子さんだって知ってて、なんでそんなことを言えるの？

ううん……知華ちゃんが言うことが正しいのはわかってる。

私のことを心配して言ってくれてるのもわかってる。

それでも私は瑛太くんと一緒にいたい……瑛太くんと一緒にいられるなら芸能界を辞めてもいいって思ってる。でもそうしたら……知華ちゃんとの約束を守れなくなっちゃう。

私はどうしたらいいんだろう？

どっちも大切……どっちも手放せない。

両方手に入れるために、私はなにをしたらいいんだろう？

わからないよ……三崎さん、私はどうしたらいいですか？

第9話 お姉さんとのことを相談しました。

週明け——僕は晴れない気分のまま学校に登校した。

あれから毎日考え続けたけれど答えは見つからない。

それでも時間だけは過ぎていき、同じ毎日が繰り返される。

唯一違うことといえば、お姉さんと過ごす時間が減ってしまったこと。

いつもなら朝ご飯を作っているとお姉さんが匂いに釣られて起きてくるんだけど、最近は僕が学校に行くまで部屋から出てこない。起こしに行っても部屋から出てきてくれない。

仕事から帰ってきても、一緒にご飯を食べ終わると早々に部屋に籠ってしまう。

まるで冷え切った関係の夫婦が家庭内別居をしているような日々。

これから訪れる別れに向けて、お互いに心の準備をしているような重苦しい空気の中で過ごしていた、ある日の放課後——。

「一ノ瀬君……」

誰もいない教室で考え事をしていると、不意に声を掛けられた。

視線の先には半泣きで僕の様子を窺う美緒ちゃんの姿。教室の戸からひょっこりと顔を出しながら、怒られた子供みたいにこちらを覗(のぞ)いている。

「の、のんびりしている時にごめんね……ちょっといいかな?」

「はい。なんでしょう?」

美緒ちゃんは申し訳なさそうに僕に歩み寄る。

「あのね、催促するようで申し訳ないんだけど……進路希望調査票は進んでる?」

「ああ……」

すっかり忘れていた。

「すみません。まだなにも」

「ううん! いいの! 将来のことだもん、簡単には決められないよね。でも三者面談もあるから……前に話していた保護者の方は来られそうかなと思って」

「それがまだ、話せてなくて」

「そっか……も、もし一ノ瀬君がお願いしづらいなら、先生がお願いしてもいいんだよ? なんなら日を改めてもいいし、学校に来てもらうのが難しければ、私が一ノ瀬君のお世話になってるお家(うち)にお伺いしてもいいし!」

「大丈夫です。ありがとうございます」

「そっか……わかった」

美緒ちゃんはしょんぼりしながら目を伏せる。

美緒ちゃんには申し訳ないけど、今はとてもそんなことを考える余裕はない。

話は終わり——でも美緒ちゃんは、なにか言いたそうに僕に視線を向けたまま。

「あ、あのね一ノ瀬君」

「なんでしょうか？」

「もしかして……なにか悩みがあるのかな？」

「え……？」

すると、美緒ちゃんは隣の席に腰を下ろす。

「進路で悩んでいるんじゃなくて……他に悩みがあるんじゃないかと思ったの」

「……どうしてそう思うんですか？」

「私もそうだったから」

「先生も？」

美緒ちゃんは小さく頷く。

「私も学生の頃は悩みが多くて……いろんなことに悩んでいるうちに、周りのクラスメイトはどんどん進路を決めていく。まるで自分だけが取り残されるような感覚になるんだけど、それどころじゃない時ってあるよね。特に私は不器用だったし、相談できる友達もいなかった」

美緒ちゃんは思い出すように視線を宙に泳がせる。

「でもね、担任の先生だけは、そんな私を急かすことなく見守ってくれていたの」

その声音は感謝の念に満ちていた。

「困っていることに気付いてくれて、相談に乗ってくれて……その人のおかげで卒業できたと言ってもいい。だから私もそんな先生になりたくて――って、そんな話は置いといて、今の一ノ瀬君は進路の話をしている時も心ここにあらずって感じだったから、もしかしたらって思ったんだ。だから私で相談に乗れないかなって……勘違いだったらごめんね」

「……」

なんだかもう、言葉がない。

波風一つ立てることなく心の中に踏み込んでくるなんて。

……美緒ちゃんが生徒から好かれる理由がわかった気がした。

「一つ、聞いてもいいですか……？」

気が付けば、口にしていた。

「もし自分が傍にいることで大切な人に迷惑を掛けてしまうとしたら、どうしたらいいんでしょう……？」

自分がどんな表情で口にしているかもわからない。

でも、こんな気分で誰かに相談するのは初めてだった。

美緒ちゃんはしばらく黙っていた後、ぽつりと言葉を漏らす。

「迷惑を掛けても、いいんじゃないかな？」

「え……？」

意外な一言だった。

それは、お姉さんがいつか言ってくれた言葉と同じ。

「誰かと関わって生きていく上で、誰にも迷惑を掛けないなんて無理だよね。むしろ大切な人だからこそ迷惑を掛けてしまうことって、たくさんあると思うの。でもね、大切なのは迷惑を掛けてしまった分、自分が相手になにをしてあげられるかだと思うの」

「なにをしてあげられるか……」

美緒ちゃんは笑みを浮かべながら頷く。

「私はほら……こんな感じだし、たくさん周りの人に迷惑を掛けてきたの。冗談抜きで迷惑しか掛けてこなかった。だからいつも謝ってばかりで、自分にも自信がなくて……でもね、ある時、仲のいい友達が言ってくれたの……『迷惑だなんて思ってないから気にするな』って。『迷惑を掛けていると思われてる方が迷惑だ』って。その一言に、救われたんだ……」

「……………」

「その時にね、思ったの。きっと私はこれからもたくさんの人に迷惑を掛けちゃうと思う。でも、その分だけ私も周りの人たちになにかしてあげたいなって」

美緒ちゃんに言われて考える。

僕はお姉さんに、なにをしてあげられるんだろう。

「それにね、迷惑だと思ってるのは案外自分だけだったりするかもしれないよ。気持ちなんて言葉にしないと伝わらないと思うの。だから一ノ瀬君も、その人とちゃんとお話ししてみたらいいと思う」

「ありがとうございます……」

なんだか、ちょっと救われた気がした。

「ご、ごめんね知ったような口きいて……的外れだったらどうしよう」

「いえ、そんなことないです」

「それならよかった……」

美緒ちゃんは安堵した様子で笑顔を浮かべた。

「もしなにかあれば、いつでも相談してね！」

そう言って席を立つと、小走りで教室を後にする。

その後ろ姿を見送った直後だった。

「美緒ちゃんはいいこと言うなぁ……やっぱ年上の女性は最高だよな」

入れ違いに輝翔が教室に入ってきた。

「聞いていたの？」

「悪いな。邪魔しなかっただけ気を使ったって思ってくれ」

「別に、輝翔に聞かれるならいいよ」

輝翔はさっきまで美緒ちゃんが座っていた席に腰を掛ける。

「さて、ここからが本題だ。話してみな」

「うん……」

僕は少しだけ落ち着いた気持ちで、これまでの経緯を話し始めた。

知華(ちか)さんに改めてマネージャーをやらないかと誘われたこと。これを断った直後、一緒にはいさせられないと別居を告げられたこと。それ以来、お姉さんの様子がおかしいこと。まくしたてる僕の言葉を、輝翔は黙って聞いてくれていた。

「なるほどなぁ……」

「どうしたらいいか、わからなくてね……」

「私が納得できるだけの理由を用意しろ……か」

輝翔は知華さんが口にした言葉を口にする。

「まず前提として、瑛太(えいた)はお姉さんと一緒にいたいんだよな？」

「うん……最初の頃はずっとお世話になるつもりはなかったけど、なんだかんだいろいろあって、今では少しでも長くお姉さんと一緒にいたいと思ってる」

「そっか……」

なんだか輝翔は感慨深そうに呟(つぶや)く。

「知華さんは僕にマネージャーを勧めていたから、てっきり僕らのことを認めてくれているんだと思ってた。それなのにマネージャーを断った途端、一緒にはいさせられないって……」

「…………」

「やっぱり最初から僕らを引き離すつもりだったのかな」

「――本当にそうなんかな?」

「え……?」

輝翔は意外な言葉を口にする。

「俺には逆に思えるんだが」

「逆? どういうこと?」

「俺には知華さんが二人の生活を守ろうとしていたように見えるってことさ」

守ろうとしている……?

その言葉に、余計に輝翔がなにを言っているのかわからなくなった。

「自分のことってのは、案外わからないもんだよな。でもはたから見ている俺にしてみれば、知華さんが血も涙もなく二人を引き離そうとしているようには全く見えない」

「はたから見たら……か」

輝翔の言葉を聞いて、改めて自分の状況を冷静に見つめてみる。

それこそ自分のことじゃないように、まるで人事のように一歩引いて。

お姉さんとの同居が知華さんにばれて、どうしてかその後、知華さんは僕をマネージャーにしようと誘ってきた。断った直後に、今度は僕らを引き離そうとしていること。

今更だけど、知華さんが本当に僕らを引き離そうとしているのなら、むしろマネージャーなんてさせようとしないだろう。スキャンダルを恐れるなら百害あって一利なしだ。

だとしたら、僕をマネージャーにしようとしたのには、他に理由がある？

その理由が輝翔の言う通り『僕らの生活を守ろうとしていた』のなら——。

「まさか……」

一つの答えが頭に浮かび、思わず口を抑える。

にわかに信じがたいけれど、答えは一つしかない。

「僕らを一緒にいさせるために、マネージャーにしようとしていた……？」

「だろうな」

顔を上げると、輝翔は深く頷いた。

「お姉さんは芸能人だから、確かに知華さんの言うようにスキャンダルはご法度さ。ましてや未成年との同居となればリスクだってあるし、会社を預かる社長としては認められない。二人を一緒にいさせてやるとすれば、それなりの理由が必要だったんだろう」

それなりの理由——。

それは知華さんも口にしていた。

「瑛太にマネージャーを勧めたのは、お姉さんは瑛太の言うことなら聞くからとか、家事が得意だからとか、そんな理由じゃなくて……マネージャーになればお姉さんの傍にいていい理由の一つになると思ったからじゃないか？」

そんなふうには考えてもみなかった……。

「だから一度は断られても、また誘ってきた。瑛太の母親が水咲美雪だと知った途端に熱心に誘ってきた理由はわからねぇけどさ、何度誘ってもダメなら二人を引き離すしかない」

確かに……。

そう考えると、急に一緒にいさせられないって言ったのも理解できる。

「それに二人の同居がばれて困るのはお姉さんだけじゃない。瑛太だって一緒だろ？　むしろ未成年ってことを考慮すれば、瑛太の将来にも影響が出るかもしれない。知華さんが二人を引き離そうとしたのは、瑛太のことも守ろうとしたからだって考えられないか？」

「確かに……」

でも、だったら――。

「だったらどうして、最初からそう言ってくれなかったんだろう？」

疑問を口にすると、輝翔は小さく溜め息を吐いた。

「そんなの、進路と一緒だからだろ」

「進路？」

「人ってのはさ、誰かに言われたことをやってる方が楽なんだよ。なぜなら、失敗した時に言い訳ができるからな。先生の言う通りなんとなく進学先を決めて、親の言う通り適当な会社に就職して、それでもだめだった時――みんなの言う通りにしたのに駄目だったってな」

「……」

「だから本当に大切な決断は、自分で決めないといけない」

「本当に大切な決断……」

「誰だって自分で決めたことには責任を持たなきゃいけないし、自分で決めたことならやる気も違うだろ。もしその結果だめだったとしても、自分で決めたことなら諦めもつくしな」

自分で決めたことなら諦めもつく――。

ふと知華さんの言葉が頭をよぎった。

『女優を辞めたことなんて、微塵も後悔してないわ』

知華さんが女優を諦めたことを後悔していないのも、自分で決めたことだからだろうか？

誰かに向いてないと指摘されたわけじゃなく、自分で決めて進んできた道だから。

自分のことに置き換えると、それはとても勇気のある決断だと思えた。

はたして僕が同じ状況に直面した時、受け入れることができるだろうか？

「きっと知華さんは、瑛太の本気を見たかったんだと思うぜ」

「そっか……」

「まぁでも、大人になれば自分で決められることの方が少ないだろうし、人に言われてやることの方が多いだろうし、どっちがいいってわけじゃないけどな。それでも自分で自分のやりたいことを選べるってのは、ある意味で幸せなことなのかもしれないな」

輝翔の言葉はすとんと自分の中に落ちていく。

普段はチャラチャラしているのに、こういう時には本当に頼りになるんだよな。

「ありがとう……もう一度よく考えてみるよ」

「いいってことさ。それに、なんだかちょっと嬉しいからさ」

「嬉しい……?」

輝翔はわずかに口角を上げる。

「さっきおまえさ、お姉さんと一緒にいたいって言ったろ? 瑛太もそんなことを言うようになったんだなって思ったら、なんだか親友として嬉しくなったんだ」

「どういう意味?」

「前にも言ったが、瑛太は人に迷惑を掛けることを極端に嫌がる性格だ。一人暮らしが長かったせいで、無意識に人と深く関わることを避けるようになっていたんだろうな……そんなおまえを見て心配していた親友としては嬉しくもなるさ」

「輝翔……」

「瑛太はお姉さんと出会って変わったよ」

そうなんだろうか……自分ではわからない。

でも、ずっと一緒にいた輝翔がそう言ってくれるなら、きっとそうなんだと思う。

「美緒ちゃんの言う通り迷惑を掛けたっていいじゃねぇか。周りの人たちは、おまえが思うほど迷惑だなんて思ってない。少なくとも俺はな。だから、好きなようにやってみろよ」

輝翔はおもいきり僕の背中を叩く。

「それでだめなら、一緒に先のことを考えてやるから」

「ありがとう」

美緒ちゃんと輝翔に、背中を押されたような気分だった。

「でもさ、一つだけ気になってることがあるんだ」

「なんだ？」

「知華さんが僕とお姉さんを一緒にいさせるためにマネージャーをやらせようとしたとして、でもそれだけじゃ……一緒にいていい理由としては少し足りないと思うんだよね」

マネージャーだから同居していいって理由にはならないと思う。

むしろ女優と同居している男性マネージャーなんていないだろう。

もし僕らのことが世間にばれてしまった時、僕が未成年だろうと成人だろうと『マネージャーだから一緒に住んでます』では、どのみち納得してもらうことはできないと思う。

「たぶん、これは俺の勘なんだが……」

輝翔はわずかに言葉を濁す。

「知華さんは他にもなにか考えていると思うぜ。それこそマネージャーは口実の一つにすぎなくて、本当は一緒にいさせることができる別の事情があったりするんじゃないか。それらを全部用意した上で、どうするかの判断を瑛太に委ねてるんだと思う」

物事をはっきり口にする輝翔にしては歯切れが悪い。

でも僕も、似たような疑問は感じていたりした。

旅行の時、知華さんと話していた際に覚えた違和感。僕をマネージャーにしたい理由がお姉さんをコントロールできるからだと言っていたけれど、それだけとは思えなかった。

あまりにも必死すぎて、なにか他意があるような気がしてならなかった。

もしかしたら、輝翔はなんとなく察しがついているのかもしれない。

「その辺も踏まえて、自分で考えてみるよ」

「ああ。そうしろ」

「本当、輝翔にはいつも世話になるね」

「感謝してるなら、きれいなお姉さんの一人でも紹介しろっての」

輝翔は僕の頭を軽く小突く。

「いや……紹介できるほど僕の周りにはお姉さんばかりじゃないよ」

「三人もいるのになに言ってんだよ。そうだ、知華さん紹介してくれよ」

「いや〜……やめておいた方がいいよ。根はやさしい人だと思うけど、怒ってる時はめちゃくちゃ怖いから。最初に会った時なんて後ろ姿に百鬼夜行の幻視が見えたんだから」

「いいじゃねぇか。年上女性に叱られるなんてご褒美みたいなもんだろ！」

全くもって共感できない。

共感できなさすぎて眩暈を覚える。

その後、年上トークで盛り上がった輝翔は絶好調。三十分ほど年上の魅力を語り続けたんだけど、いつも助けてもらっているし話くらいは聞いてあげないとね。

なんて思いながら、僕は話半分でこれからのことを考えていた。

☆お姉さんの日記☆

どれだけ考えても、知華ちゃんを納得させられる方法なんて思いつかない。

瑛太くんとも気まずくなっちゃって、顔を合わせてもなにを話していいかわからないよ。

私が二人の生活を守るからねって約束したのに、なにもできないなんて……私はなんて無力なんだろう。いくらお金があったって、どうにもならないことってあるんだ。

それだけじゃない……瑛太くんに本当のこともお話しできていないし。

結局私は、瑛太くんを守るって言っておきながら、逃げているだけなんだろうな。

こんなんじゃ、瑛太くんに嫌われちゃうよね。

なんかもう……考えるのも疲れちゃった。

いっそのこと全部投げ出しちゃいたい。

……そうできたら、楽になれるのかな？

第10話 お姉さんが帰ってきませんでした。

帰宅後、僕はいつもと変わらず部屋の片付けや掃除などの家事をしていた。

頭の中はいろいろな想いが溢れているし、考えなくちゃいけないこともたくさんある。でも
こんな時だからこそ、いつものルーティンワークを行うことで冷静さを取り戻す。

手を動かしながら、部屋と一緒に頭の中を整理していく。

もし僕の考えが正しいとしたら、この問題は僕が覚悟をするだけで解決する。

でも、輝翔が念を押すように言っていた一言が気になっているのも事実——マネージャー
は口実の一つにすぎなくて、本当は別の事情があったりするんじゃないか？

知華さんがなにを考えているかはともかく、今の僕にできることは一つだけ。

そう考えると、案外状況はシンプルなのかもしれない。

「お姉さんが帰宅したら、ちゃんと二人のこれからについて話をしよう……」

知華さんに別居を告げられてから、お互いがどんな気持ちでいたのか？

どんな話し合いになるかわからないけど、不思議と今までみたいな不安はなかった。

晩ご飯を作り終えた僕は、ソファーに座ってお姉さんの帰りを待つ。

時間が過ぎるにつれて、徐々に緊張が高まっていくのを感じていた。手は汗をかくし、自然と顔はこわばるし、胸に手を当てているわけでもないのに心臓の音が耳まで響く。

自分の気持ちを何度も確認しているうちに時間は過ぎ——。

「お姉さん……遅いな」

気が付けば、夜の十時を過ぎていた。

手元に置いていたスマホを見てもお姉さんから連絡はない。いつも遅くなる時は事前にメッセージを送ってくれていたのに、今日に限っては一度も連絡がない。

「なにかあったのかな……」

呟くと同時、言葉にできない不安が胸に広がる。

まだ仕事が続いているのか……まさか事故に巻き込まれた？

いや、もしかしたら前みたいに痴漢に襲われているんじゃ……？

一度考えてしまうと際限なく不安に襲われてしまい、悪い考えばかりが頭をよぎる。

お姉さんにメッセージを送ってみたけど、いつまで待っても返信どころか既読にすらならない。電話もかけてみたけど、いつまでたっても呼び出し音が響くだけ。

——気が付くと、僕は部屋を飛び出していた。

当てなんかなかった。

マンションを飛び出して走り出し、駅の周辺や一緒に行った喫茶店を巡る。こんな時間だからお店も閉まっているとわかっていながら、それでも探さずにはいられない。

遅い時間にも拘わらず街には人が溢れているけど、その中にお姉さんの姿はない。

「お姉さん……」

どれくらい走り回ったんだろうか？

気が付けば息は上がり、疲労で膝が震えている。

それでも足を引きずりながら、もう一度お姉さんに電話をかけてみる。

「お願いだから出てくれ……」

祈りながらスマホを手にしていると、数コール後に繋がった。

『もしもし――』

「お姉さ――？」

出た瞬間、相手がお姉さんじゃないとすぐにわかった。

聞きなれた声だけど、明らかにお姉さんじゃない。

「……知華さん？」

『そうよ。沙織じゃなくて悪いわね』

「どうして知華さんが？」

『沙織のやつ、スマホを忘れて帰ったのよ』

「忘れて帰った……？」

『最近はあなたのおかげで忘れ物も減ったと思っていたのに、久しぶりにやらかしたわね』

返事がなかったのはスマホを事務所に置き忘れたせいだったのか。

理由がわかってほっとしたせいか、思わず足の力が抜けて近くに腰を下ろす。

『沙織に預かっておくって伝えておいて』

「わかりました。ところでお姉さん、何時ごろ事務所を出ましたか？」

『何時ごろ？　どうして？』

「実はまだ帰ってきてなくて」

『……帰ってない？』

その声がわずかに低く響く。

一瞬の間が、不穏な空気を運んできた。

『おかしいわね。あの子、六時には事務所を出たけれど……』

六時……だったらとっくに帰ってきていないとおかしい。

「お姉さんになにかあったんじゃないかと思って」

『……………』

知華さんの無言が、僕の中の焦り（あせ）を増長させる。

「そうだ知華さん、お姉さんのスマホの位置情報を調べてください！　旅行先まで追ってきた時みたいに調べれば、どこにいるかすぐにわかる――」

『落ち着きなさい』

「でも――！」

『沙織のスマホはここにあるって言ったでしょ』

そうだ……僕はなにを言ってるんだ。

もどかしさのあまり頭を掻（か）きむしる。

『私もすぐにそっちに向かうから、あなたは心当たりのあるところを探して』

「わかりました……」

『沙織と面識のある人がいれば、その人にも協力してもらいなさい』

知華さんはそれだけ言うと、すぐに電話を切った。

「面識のある人……」

それから僕は、すぐに朱音さんと輝翔に電話を掛ける。

朱音さんにお姉さんが帰ってこない旨を伝えると『わかりました！』と一言だけ返事をして電話を切った。朱音さんはいつも事情も聞かずに動いてくれる。

それは輝翔も同じ。夜遅くにも拘わらず輝翔は電話に出てくれて、お姉さんが行方知れずだと伝えると『見つけたら連絡するから』と詳しい話も聞かずに電話を切った。

いつも迷惑をかけてばかりなのに……そう思うと二人には感謝しかない。

心の中でお礼を口にしながら、僕は再びお姉さんを探す。

でも、どれだけ走り回ってもお姉さんは見つからない。

一緒に散歩した川沿いの遊歩道、僕が以前働いていたコンビニ、僕が住んでいたマンションやその近くもくまなく探してみたけれど、お姉さんの姿はどこにもない。

もしかしたらまだ、地元に戻ってきてないんじゃないか？

「あと他に、お姉さんがいそうなところ……」

いくら考えても思いつかない。

お姉さんと一緒に住んでから心当たりのある場所は全て探したのに——。

「一緒に住んでから……？」

口にした途端、とある場所が頭をよぎる。

そうだ——あそこだ。

いるとしたら、あそこしかない。

思うよりも先に、足が動いていた。

ω

重い足を引きずりながらやって来たのは、僕とお姉さんが初めて出会った場所。

一年前——僕がお姉さんを痴漢から助けた、コンビニの近くにある公園だった。

広い公園なのに街灯が少なく、辺りは暗闇（くらやみ）に覆（おお）われていてどこか不気味にすら見える。

緑に溢れた公園は昼間なら美しい光景が広がり、子供連れで散歩をしている家族をよく目にするものの、夜は死角になる場所も多く女性が一人で歩くには危険に思えた。

今更ながら、ここなら確かに痴漢も出るだろうと実感する。

「ここに、いなかったら……」

乱れる息を整え、辺りを見回しながら足を進める。

すると少し離れた街灯の下に、二つの人影を見つけた。

「お姉さんと……朱音さん？」

慌てて駆け寄った時だった。

「え——!?」

僕が二人の下に着くより早く、朱音さんはお姉さんの手首を摑（つか）んだ。

「朱音さん——！」

二人の間に割って入る。

「やめてください！　どうしたんですか！」

「瑛太君は少し、黙っていてください」

初めて聞く朱音さんの怒りに満ちた声。

有無を言わさない迫力に、思わず足が竦んだ。

「なによ……？」

お姉さんはうな垂れた様子で朱音さんを見上げる。

強い言葉とは裏腹に、お姉さんは憔悴しきっているようだった。

「こんな時間までうろついて……瑛太君に心配をかけて、なにをしているんですか？」

「あなたには関係ないでしょう？」

「関係ありま――」

「ないでしょう！」

お姉さんは朱音さんの言葉を遮って腕を振り払う。

向ける視線は、言葉にしがたい感情に満ちていた。

「あなたにどんな関係があるって言うの？　ただの警察官が職務を盾に瑛太くんの周りをうろちょろして、私情を挟んで邪魔をしてるだけのあなたになんの関係があるのよ！　私たちの問題を知りもしないで……しゃしゃり出てこないで！」

深夜の公園に悲痛な叫びが響く。

だけど、朱音さんは全く動じていなかった。

「確かに私は二人の生活にとって、関係のない人間かもしれません。あなたの言う通り、職務を盾に瑛太君と仲良くしていたことも否定できません。警察官として失格だと言われても仕方がないと思います」

お姉さんの声とは対照的に、朱音さんは冷静な声で語りだす。

「二人の問題も知りませんし、あなたがなにをそんなに悩んでいるかもしれません。ですが——私は警察官としてではなく、瑛太君の友達の一人としてあなたの前に立っています」

朱音さんが初めて僕を、友達と呼んでくれた……。

こんな時に不謹慎かもしれないけど、それが嬉しかった。

「あなたの行方がわかった以上、私の役目はこれで終わりです。でも——」

その場を離れようとした朱音さんが足を止めて口にする。

「これ以上、瑛太君に心配をかけるなら、私は瑛太君の友達としてあなたを許しません。ましてやあなたは瑛太君の保護者なんですから、心配をかけるような真似はしないでください」

「…………」

「瑛太君。私はこれで失礼しますね」

「はい……ありがとうございました」

そう口にすると、朱音さんは一度も振り返らずに公園を後にした。

残された僕らの間に静寂が訪れる。

もう夏なのに、夜風がずいぶん冷たく感じられた。

「お姉さん……帰りましょうか」

ベンチに腰を掛けるお姉さんの前にしゃがんで声を掛ける。

「ご飯の準備もできています。冷めてしまっていると思いますけど、すぐに温め直しますから……お腹いっぱいになったらお風呂に入って、ゆっくりしましょう」

お姉さんの肩に触れ、落ち着かせるようにそっと擦る。

お姉さんは小さく首を横に振り、ぽろぽろと涙を流し始めた。

頬を伝う溢れた感情が、お姉さんのスカートに小さな跡を残す。

「もう……どうしたらいいか、わからないの……」

「お姉さん……」

「どうしたら、これからも瑛太くんと一緒にいられるか……毎日考えてもわからない。知華ちゃんが言っていることは、頭では理解しているのに受け入れられない……私はただ、瑛太くんと一緒にいたいだけなのに……」

お姉さんは堰を切ったように嗚咽を漏らす。

決壊したダムのように溢れ出る感情を抑えることはできなかった。

「瑛太くんと離れ離れなんて、嫌……ずっと一緒にいたい……瑛太くんがいなくなるなんて、

悲しすぎる……ううぅ……」

泣き崩れるお姉さんを、僕はそっと抱きしめた。

「瑛太くんのことが、好きなの……」

その言葉が、僕の胸を貫いた。

初めて向けられる異性からの好意。それが恋愛感情によるものなのは理解していた。

いくら僕が恋愛に疎いからといっても、これだけまっすぐ向けられれば気付く。

僕がお姉さんを助けたことがあるからとか、保護対象として守ってあげたいとか、父さんに頼まれたからとか、そんな言い訳みたいな理由じゃない——もっと純粋な想い。

お姉さんの溢れる想いは、僕に初めての感情を教えてくれる。

「僕もお姉さんが——」

そこまで言いかけて、喉元まで出かかった言葉を飲み込んだ。

今の僕は、その先の言葉を口にしてはいけないと思ったんだ。

もし口にして僕らの関係が変わってしまったら……それこそ知華さんが心配していたことが現実になりかねない。そうなれば、本当に僕らは一緒にいられなくなってしまうだろう。

それだけは、なにがあっても避けなくちゃいけない。

それに僕は、まだなにも覚悟をしていない。

守られるばかりの僕が、口にしていい言葉じゃないはずだ。

「僕もお姉さんが、傍にいなくなるなんて悲しいです」

　僕の服を摑むお姉さんの手にきゅっと力が入る。

「もう全部捨ててもいい……一緒にいられるなら、なにもかも……瑛太くんさえいてくれるなら、もうなにもいらないから、二人で一緒にどこかへ逃げよう？」

　すがるように僕を見上げるお姉さん。

　いつだったか、同じ言葉を口にしていたっけ。

　お姉さんはあの時からずっと本気で口にしていた。

　だからこそ僕は、お姉さんの瞳を見つめて首を横に振る。

「どうして……？」

「そんなことをしたら、お姉さんを大切に思ってくれるみんなが悲しい思いをします。それに……お姉さんには知華さんとの約束があるんでしょう？」

　お姉さんははっとした表情を浮かべる。

「僕には約束がなんなのかわかりません。でもそれは、二人にとってなにものにも代え難いものなんだろうなって思います。だから今まで二人きりでも頑張ってきたんですよね？」

　瞳に色が戻り、わずかに冷静さを取り戻したように見えた。

「だから僕が、なんとかします」

「え……？」

「知華さんに認めてもらって、これからも一緒にいられて、お姉さんが知華さんとの約束も果たすことができるように、僕が全部なんとかします」

それは僕にとって、生まれて初めての覚悟のようなものだった。

一度はお姉さんが守ってくれたこの生活を、今度は僕が守る。

たとえそれ以外の全てを捨てることになったとしても。

「だから安心してください」

まっすぐにお姉さんを見つめて口にする。

お姉さんは涙を浮かべたまま。

「うん……わかった」

そう口にして、小さく頷いた。

きっとお姉さんは『どうやって？』と聞きたかったんだと思う。僕を見つめる瞳がわずかに不安そうだった。それでも口にしなかったのは、僕を信じてくれたからだろう。

なにも聞かれなかったことが、より僕の決意を固くしてくれた。


その後、僕は知華さんと輝翔に一報をいれてマンションに向かった。

輝翔はなにも聞かずに『よかったな』と言ってくれて、知華さんは『沙織を頼むわね』と口にして通話を切った。朱音さんには後日、面と向かってお礼を言おうと思う。

みんな、きっと僕らの間にあったいろいろなことを察してくれたんだろう。

帰り道、僕は自分の気持ちを整理しながら足を進める。

あとは僕次第——気が付けば、知華さんへの返事の期限は迫っていた。

ω

帰宅した僕らは、食事やお風呂を済ませた。

お風呂は心の洗濯とはよく言ったもの。お湯に浸かってリラックスしている時間は、これまで頭の中を埋め尽くしていた様々な余計なものをリセットしてくれる。

そうしてすっきりした頭の中で本当に大切なものだけを残してみれば、自分がいったいなにを悩んで、なにを拘(こだわ)っていたんだろうと思うほど状況はシンプルだった。

お姉さんと一緒にいられるなら、進路もお金もどうでもいい。

いや、どうでもいいは語弊がある。

どうでもよくないし大切だけど、要は優先順位の問題だ。

元々僕は器用な方じゃない。いっぺんにどうにかしようなんて無理なんだ。相変わらず悩みは多いけど、なにが一番大切かさえ理解してしまえば他のことは後回しでいい。

そして本当に大切なものがわかれば、お姉さんに養われている身だからって、お姉さんのお世話やサポートでお金を貰うわけにはいかないなんて拘りも邪魔でしかない。

お姉さんと一緒にいられるのなら、僕にできることはなんでもしよう——。


そう思えたのは、輝翔や美緒ちゃんや朱音さんのおかげ——知華さんもそう。

覚悟さえ決まれば、なにもこんなに悩むことなんてなかったのに。

「明日、知華さんのところへ行こう……」

夜の十二時過ぎ——僕はベッドに横になりながら決意を口にする。

知華さんへ返事をする期日の一週間までは、まだ数日の猶予がある。

でも自分の気持ちが固まった今、その二日を待つ必要なんてないし待っていられない。むしろ熱が冷めやらぬ今だからこそ、知華さんに返事をしたいと思っていた。

あとはなんて言ってこの想いを伝えるか。

何度も頭の中で繰り返し整理をしている時だった。

不意に僕の部屋のドアをノックする音が響いた。

「……瑛太くん。起きてる?」

ドア越しにお姉さんの小さな声が響いてくる。

僕はベッドから身体を起こして声に答える。

「起きてますよ」

するとゆっくりとドアが開き、枕を抱きかかえたお姉さんが入ってきた。

暗闇でどんな顔をしているかはわからない。

「眠れないんですか？」

「うん……だからね、あのね……」

お姉さんは枕で顔を半分隠しながら呟く。

「い、一緒に……寝てもいい？」

「え……」

い、一緒に……ですか。

僕が驚いた声を出したせいだろう。

「お、お姉さん旅行の時みたいに変なことしないから安心して！」

覚えてたんですね……。

てっきりお酒が入っていたから忘れてるものだとばかり。

「それでも心配だったらお姉さん、前みたいに手足縛るから——と、取ってくる！」

「大丈夫ですよ」

僕は布団を持ち上げてこちらにくるように促す。

自分でも不思議だけど、今は全然やましい気持ちになんてなれない。悩んでいたことが嘘みたいに頭の中が晴れていて、自分の気持ちがはっきりと固まっているからだろうか。

お姉さんはゆっくりとベッドに近づき枕を置いて横になる。

「狭くないですか？」

「うん……大丈夫」

暗闇の中、お互いの顔は見えない。

だけど、お互いの息遣いがはっきりとわかる距離。

しばらく黙りあっていると、お姉さんが呟いた。

「瑛太くん」

「なんですか？」

「ありがとうね」

「僕の方こそ」

お姉さんが僕の方に身体を向け、布団の中で袖を摑んでくる。

「あのね……」

「はい」

「お姉さんね……瑛太くんにずっと、お話ししなくちゃって思ってたことがあるの」

「お話ししなくちゃいけないこと？」

お姉さんは小さく頷く。

袖を掴む力の強さから、それがとても大切な内容なんだと察した。

「もし全部上手くいって、これからも瑛太くんと一緒にいられるなら……お姉さん、勇気を出して伝えるから……その時は聞いてくれる?」

僕もお姉さんと同じように小さく頷く。

「聞かせてもらえるように、頑張りますね」

「ありがとう……」

それ以上、僕らは言葉を交わすことはなかった。

十分もすると隣からお姉さんの寝息が聞こえてくる。

その寝息の音が心地よくて、気が付けば僕も眠りに落ちていた。

☆お姉さんの日記☆

瑛太くんに心配をかけちゃった……。

瑛太くんだけじゃない。コスプレ警官にも迷惑かけちゃった。

駄目だな……自分のことばっかりで、周りが見えなくなるなんて。

瑛太くん……かっこよかったな。全部なんとかするって言ってくれた時の顔、今まで見たことがない顔していて、年下の男の子には見えないくらいだった。

本当なら私がなんとかしなくちゃいけないのに、瑛太くんの優しさに甘えちゃった。

これからどうなるかわからないけど、瑛太くんを信じてみたい。

その時は……今まで話せなかったことを全部、瑛太くんに話そう。

それと……思わず告白しちゃったよおおぉ！　人生で初めての告白が泣きながらだなんて最悪だよね……できればなかったことにして、もう一度やり直したいくらいいいぃ！

瑛太くんはなにも言わなかったけど……いつか返事が聞けたらいいな。

第11話 お姉さんの事務所に行きました。

「ここか……」

翌日の金曜日――。

僕はお姉さんと知華（ちか）さんの事務所、セカンドハウスに来ていた。

最寄りの駅から歩いて五分。繁華街の外れにある古いビルの三階が事務所らしい。

知華さんへ返事をする期日の一週間までは二日ほど猶予（ゆうよ）がある。

でも決意が固まった今、その二日を待つ必要なんてないし待っていられない。

むしろこの想（おも）いが最も強い今だからこそ、知華さんに返事をしたい――そう思って知華さんに連絡をいれると午後なら時間が取れると言われ、こうして足を運んでいた。

学校はさぼった。

輝翔（きしょう）に電話をすると、なにも聞かれずに一言『頑張れよ』と言われた。

電話を入れた時点で僕が学校をさぼることも、知華さんに返事をしに行くのも察してくれたんだろう。本当、僕の周りの人たちは察しがよすぎるよね。ありがたい。

「よし……」

ビルに足を踏み入れ、エレベーターに乗り込む。

目的の階に着くと、こぢんまりとした受付に電話が置いてあった。

受話器を取って内線を掛けると知華さんが出て、一番奥の部屋へ来るように告げられる。

フロアは広く、いくつもの部屋があるようだった。

以前は人も大勢いたらしいから広いところを借りたんだろう。でも今は人の声も気配もなく
言われなければ無人だと思うほどに静まり返っていて、なんだか物寂しさが漂っている。

部屋の前に着いた僕は、ドアノブにそっと手を掛ける。

「失礼します」

ドアを開けると、正面の席に知華さんが座っていた。

「いらっしゃい。わざわざ来てもらって悪いわね」

「僕の方こそ、忙しいのにすみません」

「それで？　話っていうのは？」

迷いはない。回りくどい話も必要ない。

僕は知華さんをまっすぐに見つめて口にする。

「僕にお姉さんのマネージャーをやらせてください」

二人きりの事務所に僕の決意が響く。

知華さんはなにも言わず、まっすぐに僕を見つめていた。

「知華さんは言いましたよね？　私が納得できる理由を用意しろって……ずっと不思議に思っていたんです。最初は僕らの同居に反対していた知華さんが、どうして僕をマネージャーにしたがるんだろうって。気付いたんです……僕をマネージャーにすることで一緒にいても不自然じゃない状況を作るために、そう言ってくれていたんだって」

知華さんは眉一つ動かさず僕の言葉を聞き続ける。

「お姉さんと一緒にいられるのなら、僕はなんでもします――僕がマネージャーをすることでこれからもお姉さんと一緒にいられるのなら、喜んでやります。知華さんに頼まれたからじゃなくて、今は僕自身の選択としてそうしたいと思っています」

僕は大きく頭を下げる。

「だから……お願いします」

僕の言葉が響いた後、事務所内が静まり返る。

頭を下げたままどのくらい時間がたったんだろう。

数秒かもしれないし、数分かもしれない。

緊張しながら返事を待つ時間は、とても長く感じた。

「だそうよ――沙織」

不意に知華さんが口にしたお姉さんの名前。

反射的に頭を上げて振り返ると、そこにはお姉さんの姿があった。

「瑛太(えいた)くん……」

どうしてお姉さんがここに？

そう思うより早く、お姉さんは涙を浮かべながら僕に抱き着いてくる。

「本当に……いいの？」

「お姉さんが嫌じゃなければ」

「嫌なわけない！」

「ぐぁ――！」

力いっぱい抱きしめられて変な声が漏(も)れる。

決して押し付けられる胸の感触に歓喜の悲鳴を上げたわけじゃないからね。

直接触らないようにお姉さんをそっと引き離し、改めて知華さんに向き合う。

「だから……これからも、お姉さんと一緒にいさせてもらえますか？」

「そうね……そういうことなら」

仕方がなさそうに言う知華さんの表情は、今まで見た中で一番の笑顔だった。

「ありがとうございます」

「ありがとう知華ちゃん！」

安堵(あんど)のあまり、思わず膝(ひざ)の力が抜ける。

でも、これで話は終わりというわけにもいかない。

「あの、一つ聞いてもいいですか?」

「なにかしら?」

「自分で言っておいてあれなんですけど、マネージャーをやるだけじゃ一緒にいていい理由としては足りないと思うんです。結局ばれたらまずいことに変わりはないんじゃないかなって……大丈夫でしょうか?」

「それなら問題ないわ。あなたたちが一緒にいていい理由なら、もう一つある」

もう一つ――?

「それを説明するには、あなたに改めて話しておかなくちゃならないことがあるんだけど……沙織、話していいわね?」

知華さんが確認するように口にすると、お姉さんは小さく頷(うなず)く。

二人の表情は真剣で、どこか覚悟のようなものが見て取れた。

「落ち着いて聞いてちょうだい……実はね――」

知華さんは息を呑(の)んで続ける。

「この事務所を作った先代の社長は、あなたのお母さん――水咲美雪(みずさきみゆき)さんなの」

「え……?」

思いもよらない告白に思考がとまる。

にわかに信じられない言葉が耳をすり抜けた。

「僕のお母さんが……この事務所を……?」

　思わず繰り返した自分の言葉を理解できない。

　驚く僕に、知華さんはゆっくりと語りかける。

「私たちもあなたが水咲美雪の息子だと知った時は驚いたわ。水咲さんは女優を引退してからずっと本名の三崎を名乗っていて、結婚後の名字の一ノ瀬を名乗ったことは一度もなかったから知らなかったし、私たちもあなたが三崎さんの息子だとは気付かなかった」

「……」

「前にも話した通り、三崎さんは両親を亡くした沙織を引き取ってこの事務所を作った。家族のことで問題を抱えていた私も引き取ってくれた。本当の息子であるあなたの前で口にするのはおこがましいかもしれないけれど、私たちにとっても三崎さんは親代わりだった」

「………」

「すべてが上手くいっていたわ。誰もがこの事務所をもう一つの家だと思っていた。でもそんなある日、沙織の二十歳の誕生日の翌日に三崎さんは姿を消して、みんな事務所を辞めていった。そして私と沙織は約束をしたの。いつか三崎さんが帰ってくるその日まで二人で頑張ろうって。今度は私たちが三崎さんの帰る家を守ろうって。そんな時に沙織はあなたと出会った。縁というのは不思議なものね……まさか三崎さんの息子と出会うことになるなんて」

　いつか帰ってくるまで二人でこの場所を守る。

二人が口にしていた約束はそれだったのか……。

「初めはただ、あなたがマネージャーに向いていると思ったから誘ったの。断られても仕方がないと思っていたし、受けてくれても二人は別居させるつもりだった。でも、三崎さんの息子なら話は違う——私たちにとって大恩ある三崎さんの息子が困っている。それを知った私たちがあなたを保護することは自然なことだし、あなたの保護者になるのが三崎さんに保護者になってもらっていた沙織なら、世間に対して美談にすら見える。さらには将来を心配してマネージャーとしての仕事を与えたとすれば、ばれた時の対策としては充分のはずよ」

なるほど……。

確かにそれなら理由としてありかもしれない。

少なくとも、世間に対して一定の理解は得られるだろう。

「もしあなたがマネージャーを引き受けなくても、いずれは話すつもりだった。今まで黙っていたのは、あなたにはそういう事情がないところで考えて欲しかったの。ごめんなさい」

「ごめんね……今まで黙っていて」

知華さんに続いて、お姉さんも謝罪の言葉を口にする。

「いえ……謝らないでください。いろいろ納得できたので」

今にして思えば、お母さんが出演していたドラマを一緒に見ていた時のお姉さんのリアクション。僕の母親が水咲美雪だと知った時の、知華さんの驚きと疑念に満ちた表情。

他にも感じていた違和感の全てが繋がっていく。

たしかにびっくりしたけど……不思議と複雑な気持ちにはならない。

そうか……二人は僕の知らないお母さんを知っているんだ。

そう思うと、どうしても聞きたくなってしまった。

「一つだけ、聞いてもいいですか……？」

「なにかしら？」

「お母さんは、どんな人でしたか？」

二人は懐かしむような表情を浮かべる。

「太陽みたいな人だったよ……」

「そうね……いつも明るくて、優しくて、でも悪いことをするとしっかり怒ってくれて。私たちだけじゃない。事務所の人たちみんなにとっての母親みたいな人だった」

お母さんのことを語る二人の言葉には、深い愛情のようなものが滲む。

だからだろうな……こんなに心が落ち着いているのは。

「なんだかちょっと、嬉しいです」

「嬉しい？」

それが僕の素直な感想だった。

「僕はお母さんとの思い出がないし、父さんもお母さんのことはあまり語らなかったので、どんな人なんだろうってずっと思っていました……でも二人と出会えて、お母さんがみんなに愛されていたんだなってわかって、少しでも知ることができてよかったなって」

「瑛太くん……」

「もしよかったら、これから少しずつ……お母さんのことを教えてください」

「そうね……そんな機会なら、これからいくらでもあるでしょう」

知華さんはそう口にしながら、引き出しから一枚の書類を取り出す。

「じゃあ、契約をしましょう」

「契約？」

「当然でしょう？　目を通してちょうだい」

おもむろに渡された契約書を目に通す。

なんだか小難しい文言で書かれてて目が滑るけど、要約すると僕がお姉さんの専属マネージャーとして契約する旨が書かれている。

それはいいとして、給与体系のところを見て目を疑った。

「げ、月給……二十万？」

何度見直しても間違いじゃないらしい。

「なによ。もっと欲しいの？」

「いえ、その逆で……高すぎませんか？」

「マネージャー業務を平日は学校が終わってからの数時間。土日は八時間働くとして、合間に今まで通り沙織の部屋の家事をしてもらう。学業を優先してもらって構わないけれど、空いている時間はほぼ仕事と考えれば安いくらいよ。まぁ、学生だしこんなもんでしょ」

そ、そんなものなのか……。

でもこれだけ貰(もら)えるなら、しっかり蓄えれば進学費用も賄(まかな)える？

「不服がなければサインしてちょうだい」

「はい」

僕はペンを取り、契約書にサインを記す。

「これで契約完了ね。これからよろしく頼むわ」

「じゃあ用事も済んだことだし、さっさと行きなさい」

「はい。こちらこそ……」

「さっさと行く？」

「あなた今日、学校で三者面談があるんでしょう？」

「え……？」

どうして僕の三者面談のことを？

ていうか今日……そうだ！　すっかり忘れてたけど今日だった！

「この前、沙織の家に行った時にあなたの部屋で見かけたのよ。思春期男子の部屋だからもっと面白(おもしろ)いものが見つかると思ったんだけど、三者面談の案内しかなかったわ」

いや、そんなつまらなそうに言われても……。

なにが出てくるのを期待していたんですかね。

「沙織」

「え――わわっ！」

不意に知華さんはなにかをお姉さんに投げて渡す。

お姉さんが手にしていたそれは、車の鍵(かぎ)だった。

「私の車を使っていいから、彼を送ってあげて」

「いいの？」

「いいもなにも、あなたは彼の保護者でしょう？　三者面談に保護者がいかないでどうするのよ。今日の仕事はもうないんだから、さっさと行きなさい」

「……ありがとう！　瑛太くん、行こう！」

「はい！　知華さん、ありがとうございます！」

僕は知華さんに頭を下げて、お姉さんに続いて事務所を後にした。

ω

学校の近くの駐車場に着いた時は、すでに放課後だった。

面談の実施時間が迫っていて、僕とお姉さんは慌てて学校へ向かう。校門をくぐり、帰宅する生徒の視線を気にもせず、僕とお姉さんは校舎に入り進路指導室へ向かった。

「すみません。遅くなりました！」

「い、一ノ瀬君……？」

ドアを開けると同時に叫ぶと、美緒ちゃんが驚いた様子で僕らを見つめる。

「あれ……？　今日はお休みだって萩原君が言っていたけど……」

「所用が終わったので急いで来ました」

「そうなんだ。そちらの方は……？」

僕は堂々と口にする。

「僕の保護者です」

美緒ちゃんはぱっと笑顔を咲かせて口にする。

「は、初めまして！　一ノ瀬君の担任をしております、六日町美緒です！」

「こちらこそ初めまして。瑛太くんの保護者の四条沙織と申します」

二人は深々と頭を下げ合う。

お姉さんの口調がいつものクールで穏やかな感じに戻っているのを見て、なんだか妙にほっとしてしまった。いつ以来だろう……こんなお姉さんを目にするのは。

「どうぞ、お二人ともこちらにおかけください」

美緒ちゃんに促され、僕らは並んで席に着いた。

「それでは一ノ瀬君の三者面談を実施させていただきたいと、思うのですが……」

不思議そうというか、なにか引っ掛かっているような美緒ちゃんの表情。

嫌な予感がした……。

「失礼ですが四条さん。以前、どこかでお会いしたことがあるような気がするんですが……気のせいじゃなくて、こう……毎週決まった時間にお目にかかっていたような」

テレビ画面の向こうで会っていたとか気付かないで欲しい。

そんな希望も空しく、美緒ちゃんははっとした表情を浮かべる。

「え……うそっ……吉岡(よしおか)、里美(さとみ)さん……？」

お姉さんは気まずそうに苦笑いを浮かべる。

まぁでも気付くよね。お姉さんは仕事終わりで女優モードのお化粧をしているし。校内ですれ違った生徒は一瞬だから気付かないにしても、こうして面と向かえば気付くだろう。

「えっと……そのあたりも含めて話しますね」

それから僕は、進路相談の前にこれまでの経緯を説明した。

父さんの代わりにお姉さんが保護者になってくれたこと。かつて僕の母親がお姉さんの保護者をしていて無関係な人ではないこと。そして今は一緒に住んでいることも。

もちろんこのことを誰かに話せば、ばれるリスクがあるから口止めも含めて。

でも美緒ちゃんは信じられるし、こうして連れてきた以上、隠すつもりはなかった。

「わかりました……このことは私の胸の中で留めておきます」

「ありがとうございます」

「だからというわけではないんですが、その……」

美緒ちゃんはなぜかお姉さんをチラ見する。

なんだかモジモジして落ち着かない。

「さ、サインしてもらえませんか！」

「「え……？」」

「実は私、吉岡さんが子役の頃からずっと憧れていたんです！　私と同い年なのに、こんなにすごい子がいるんだなって……一時はあまりテレビで見かけなくなったので心配していたんですけど、一ノ瀬君のお母さんと共演した頃から大ファンなんです！」

まさか美緒ちゃんもあのドラマのファンだったとか。

そして明かされるお姉さんの年齢——美緒ちゃんが新卒二年目だから今年で二十四歳。

僕の七歳年上か……なるほど。

「もちろんです」

お姉さんは嫌な顔一つしないで差し出された手帳にサインをする。

美緒ちゃんは手帳を手に取ると、まるで子供みたいに目を輝かせながらお姉さんのサインを眺め続ける。終いには感動のあまりぽろぽろと涙を流し始める始末。

「あの……そろそろ進路相談しませんか？」

「ご、ごめんなさい！　そうでしたね！」

サインに夢中で忘れてたでしょ？

「どう？　その後、進路は決まったかな？」

恐る恐る窺うように聞いてくる美緒ちゃん。

「正直、まだ具体的な進路は決めていません」

「そ、そうだよね……そんな急には決まらないよね」

「でも、心配しないでください」

僕は不安そうな顔をする美緒ちゃんに伝える。

「みんなのおかげで、抱えていた悩みも解決しました。これから自分がどういう進路を進みたいのか、お姉さんと一緒に考えていきたいと思っています」

「そっか……一ノ瀬君、この前お話をした時よりもずっといい顔をしてるね……ううぅ」

美緒ちゃんは安心して気が緩んだのか、みるみる瞳に涙を溜めていく。

あ……なんかやばい気がする。

「よかったよおおぉ！　私がだめな先生なばっかりに、一ノ瀬君が絶望的な将来を歩むんじゃないかって心配だったの！　……本当によかった！　うえーん！」

なんでもかんでも自分のせいにする美緒ちゃんは相変わらずだけど、生徒のためにそこまで感情的になれる美緒ちゃんは、自分で言うほどだめな先生じゃないと思う。

「先生……気持ちは嬉しいんですが、保護者の前ですから」

「そ、そうだよね……取り乱してごめんなさい」

美緒ちゃんはハンカチで目元を押さえて顔を上げる。

「四条さんは、どうお考えですか？」

「私は瑛太くんがどんな進路を希望しても、力になりたいと思っています。もし上手くいかなくても私の専業主夫として迎えるつもりですから、やりたいことをやって欲しいなって」

「専業主夫……？」

美緒ちゃんはぼそりと呟く。

またまた嫌な予感がした……。

「もしかして一ノ瀬君……この前の進路希望調査票に『きれいなお姉さんに永久就職』って書いたの、四条さんの専業主夫になるって意味で書いたの？」

「いや、だからあれは友達が——」

必死に誤解だと説明する僕の隣でお姉さんの目が光る。

「瑛太くんの進路希望って、お姉さんに永久就職だったの……？」

「違います！　そんな期待に満ちた瞳を向けないでください！」

「確かに四条さんが相手だったら進学も就職もしなくていいよね！」

ちょっと待って二人とも！

「お姉さん、瑛太くんを養えるようにもっとお仕事頑張るね！」

僕の話を無視して盛り上がる二人。

こんな感じなら三者面談をする必要なんてなかったような気がするけど、まぁいいか。

ω

三者面談を終えた僕らは、その足で屋上に来ていた。

お姉さんから話がしたいと言われて人目のつかない場所に足を運んだんだけど、その真剣な表情から、昨日の夜に口にしていた大切な話のことなんだろうとは察していた。

日が傾いて暑さも少し落ち着いて、吹き抜ける風が妙に心地いい。

お姉さんはしばらく考えるような仕草を見せた後、ゆっくりと話し始める。

「あのね瑛太くん……」

「はい」

「お姉さん……ずっと瑛太くんに謝らなくちゃって思っていたの」

「謝る？　なにをですか？」

「お母さんのこと……」

お姉さんはわずかに瞳を潤ませる。

「知華ちゃんがお話ししたように、三崎さんは私を引き取ってくれて、私のために事務所まで作ってくれた。それは……時期的に瑛太くんが生まれてすぐのこと。瑛太くんが三崎さんの息子さんだって知った時から思っていたの……もしかしたら三崎さんは私のために離婚して、瑛太くんとお父さんとお別れしたんじゃないかって」

徐々にお姉さんの声が震えていく。

「私も知華ちゃんも、三崎さんに子供がいたなんて知らなかった。引退した後に結婚をしたことは知っていたけど、引き取ってもらった後も三崎さんは子供がいるなんて一言も言わなかったから……」

瞳からぽろぽろと零れ落ちる雫をぬぐいもしない。

「もし私の両親が亡くならなかったら、三崎さんは瑛太くんと一緒にいられたのに……そう思うと、早く瑛太くんに本当のことを言わなくちゃいけないってわかっていたのに言えなくて……言ったら嫌われちゃうんじゃないかって、怒られるんじゃないかって……ごめんなさい。私が瑛太くんからお母さんを奪ったの――！」

お姉さんは膝をついて嗚咽を漏らす。

その言葉は、まるで懺悔のように響いた。

「お姉さん……」

気付かなかった。

そんなことを、お姉さんが気にしていたなんて。

僕に優しくしてくれるお姉さんが、笑顔の下で苦しんでいたなんて。

「ごめんなさい……」

謝罪の言葉を繰り返すお姉さんの前にしゃがみ、お姉さんの肩にそっと触れる。

「謝ることなんてないですよ」

「でも……」

　上げた顔は、涙で化粧がぐちゃぐちゃだった。

ポケットからハンカチを取り出し、お姉さんの目元をそっと拭いてあげる。

「僕はお姉さんのせいだなんて思ってません。両親が離婚したのだって、お姉さんの両親が亡くなったことが理由だとは限らないじゃないですか」

「瑛太くん……」

「むしろ父さんに愛想を尽かしたって可能性の方が高いですし、お母さんが僕が生まれたことを話さなかったのは、お姉さんにそういう心配をさせたくなかったからなんだと思います。それに、もしそれが理由だったとしても――」

本心で思うんだ。

「僕のお母さんは自分の幸せを手放してでも、自分の知っている小さな女の子を見捨てられない人だった――その事実だけで、僕はお母さんのことを誇りに思います」

「ううぅ……」

「だから泣かないでください」

「うん……」

お姉さんは涙をぬぐって立ち上がる。

一緒に屋上を後にしながら思う――。

いつかお母さんと再会できる日が来るのなら、本当のことを聞いてみたい。

きっと、みんながそれを望んでいるんだろうと思った。

エピローグ

「それじゃあ……かんぱーい♪」

翌々日の日曜日――。

僕とお姉さん、知華さんの三人はセカンドハウスの事務所に集まっていた。

なにも告げられずにお姉さんに連れられて来た僕。てっきり今後の仕事の打ち合わせでもするのかなと思っていたんだけど、事務所の扉を開けると盛大にクラッカーの音が響いた。

なにごとかと呆けながら見渡すと、知華さんがクラッカーを片手にドヤ顔していて、テーブルの上には豪華な食事がずらりと並ぶ。

正面の窓を見て、ようやく僕はなにが起きているのか理解した。

『ようこそセカンドハウスへ！』

どうやら二人はサプライズで僕の歓迎会を計画していたらしい。

お姉さんがこういうの好きなのは知っているけど、知華さんまでノリノリだったのがちょっと意外。なんでも言い出したのは知華さんらしい。

「なんかすみません……こんな盛大にお祝いしてもらって」

「料理は盛大でも人数はたった三人。小さな事務所だけどね」

「人数は関係ないよ！　こういうのは気持ちが大切なんだから！」

自虐的に冗談を言う知華さんをお姉さんがたしなめる。

「確かに沙織(さおり)の言う通りね。たった三人でも私たちにとっては三年ちょっとぶりの新しい仲間……しかも沙織をコントロールできる貴重な人材だもの。歓迎するわ」

「まるで私が言うこと聞かない問題児みたいに言わないで！」

「ちょっと前まで毎朝私に電話で起こされていた人がよく言うわよ。そんな言葉は朝一人で起きられるようになってから言ってくれる？」

「うぬぅ……最近はちゃんと起きてるもん」

お姉さんは不満そうに頬(ほお)を膨らませて知華さんを睨(にら)む。

ここはお姉さんの名誉のために、朝ご飯の匂(にお)いに釣られて起きられるだけで、朝ご飯がない時はいつまでたっても起きてこないということは黙っておこう。

「でもなんか……こういうの、いいですね」

「こういうの？」

「今まではずっと一人だったので、こうやってみんなでパーティーをすることなんてなかったですから。こうしていると……なんだか家族みたいだなって」

するとお姉さんと知華さんは小さく微笑(ほほえ)む。

……僕、なんか、おかしなこと言ったかな？

「昔から、この会社に入社する人はみんな瑛太くんと同じことを口にしてたんだ」

「みんな……ですか？」

「うん。三崎さんは利益や仕事の成果よりも人間関係を大切にする人で、いつもこの会社はみんなの家みたいなもので、社員はみんな家族だと思ってるって口にしていたから……自然とみんながそう思っていたんだと思う」

事務所は家で、社員はみんな家族か……。

そう思うと、まさに社名を体現している。

「だからと言って甘くはしないけどね。家族といえど厳しさは必要よ」

「もう……知華ちゃんはそうやって。今日くらい楽しんでもいいじゃない」

「今日はね。明日からはしっかり働いてもらうから、そのつもりでいて。学生はもうすぐ夏休みでしょうけれど、私たちの仕事に夏休みなんてないから覚悟しておいてちょうだい」

知華さんの瞳の奥が不敵に光る。

なんだか激務の予感がするけれど……どんな仕事でも頑張ろう。

「まあそんなわけで、これから仕事をするあなたにプレゼントがあるの」

「プレゼント？」

知華さんがラッピングされた小包を差し出す。

開けてみると、中には手帳とペンが入っていた。

「仕事で使ってちょうだい」

「こんな高そうなもの……いいんですか？」

「入社祝いみたいなものだから、気にしないで」

「ありがとうございます」

「瑛太くん！　お姉さんからもプレゼントがあるの！」

お姉さんは知華さんに張り合うようにプレゼントを差し出してくる。

やたらでかい紙袋を受け取って中を覗(のぞ)くと、まさかの物が入っていた。

「これ……スーツですか？」

「そう！　マネージャーさんといえばスーツでしょ？　きっと似合うと思うな♪」

「あ、ありがとうございます。でもこういうのってサイズとかありますよね？　合わなかったらどうしよう。

「大丈夫だよ。お姉さん、瑛太くんが寝ている時にサイズを測ったし、何度か抱き着いたこともあって大体のサイズはわかってるから！」

お姉さんは親指をグッと突き出してドヤ顔を浮かべるんだけど……寝ている時にサイズを測った？　全く気付かなかったんだけど……他になにかされてないよね僕？

「せっかくだから着てみなさいよ」

「今ですか？」

二人は面白（おもしろ）そうに頷（うなず）く。

「わかりました……ちょっと待っててください」

僕は別室に移動してスーツに着替える。

なんだか着慣れないせいでしっくりこないし、ネクタイなんて縛り方がわからない。ネットで調べて適当に結んでから事務所に戻ると、二人が驚いた顔をしていた。

「へぇ……まあまあじゃない？」

「すごくいい！　すごく似合ってるよ瑛太くん！」

お姉さんが興奮ぎみにスマホで写真を撮りまくる。

なんだかめちゃくちゃ恥ずかしくて顔から火がでそうだ……。

「あ……そうだ」

プレゼントで思い出した。

「お姉さん。実は僕もプレゼントがあるんです」

「私に……？」

僕は鞄（かばん）からそれを取り出してお姉さんに差し出す。

お姉さんは紙袋を開けると、驚いた様子で声をなくした。

「待って……これって……」

お姉さんが手にしているのは、河口湖のお土産屋で買いそびれたピアス。雫型のガラスの中に富士山が描かれた、他では買うことができないものだった。

「ずっと渡そうと思って鞄に入れておいたんですけど、タイミングがなくて……」

「う……うぬぅ……」

するとお姉さんはぽろぽろと涙を流しながらピアスを着ける。

「ありがとう……瑛太くん。お姉さんこれ、一生の宝物にするね」

「これで一生の宝物が二つになったわね」

知華さんは呟きながら、お姉さんの首に下がっているネックレスを見つめる。

「あの……もしかしたらなんですけど……」

「ううぅ……なぁに瑛太くん？」

「お姉さんが着けているネックレスって、お母さんが着けていたものと同じですか？」

ずっと聞こうと思っていた。

お姉さんが朱音さんに逮捕された日、あのドラマを見返していた時に、お姉さんの着けているネックレスとお母さんが着けていたネックレスが同じものだと気付いていたこと。

僕が尋ねると、お姉さんはネックレスを握りしめながら頷く。

「私が二十歳の誕生日を迎えた時に三崎さんがくれたの。お姉さんは覚えてないんだけど、初めて三崎さんとドラマで共演した時に私がすごく欲しがってたんだって。その時に『大人になったら上げる』って約束してくれてたみたいで……これも一生の宝物なの』

やっぱり。

「幸せだな……三崎さんからも、瑛太くんからもプレゼントが貰えるなんて」

その表情は、思い出を懐かしんでいるように見えた。

「ところで私のお土産は？」

いい雰囲気のところで、知華さんの不満そうな声が響いた。

「なにも貰ってないんだけど」

「え、えっとぉ……」

「ある！　あるよ！」

するとお姉さんは、バッグからキーホルダーを取り出す。

それは、仕事を選ばないことで有名な猫のキャラクターのご当地キーホルダーだった。

「これは……信州の限定品⁉」

知華さんは目を輝かせながらキーホルダーを手にする。

「知華ちゃんはね、このキャラクターが大好きで撮影であちこち行く度に買ってきてあげてるんだ。これで都道府県制覇まであとちょっとだね！」

意外すぎる。

あのクールな知華さんが、キャラクター物が好きだなんて。

「……なによその顔。どうせ似合わないとか思ってるんでしょう？」

「あ、いえ……好みは人それぞれですよね！」

ブリザードみたいな冷たい視線で睨まれて反射的にそう答える。

だけど納得してくれてないみたいで、疑わしそうな視線を向けられ続ける。

「それにしても三人だけだとやっぱり静かですね！　テレビでもつけましょう！」

なんとか話題を逸らそうと、テレビをつけた時だった。

『それではここで、先ほど入ってきたニュースです』

「「え——？」」

まさかの映像に、僕らは思わずテレビに目を奪われた。

『以前から紛争地帯で武装集団の捕虜となっていた戦場ジャーナリストの一ノ瀬加純さんですが——先日、無事解放されたとの情報を現地のニュースサイトが報じました』

すると映像が切り替わり。

『おーい瑛太、見てるか～♪』

そこには絶賛行方不明中だった真っ赤なアロハシャツ姿のおっさんが映し出される。武装集団の人たちと仲良さそうに肩を組むおっさんは、まぎれもなく僕の父さんだった。

『武装集団の人たちと仲良くやってるから心配しなくて大丈夫だから～♪　それでな、仲良くなったついでにいろいろ相談に乗ってたら、干ばつした大地に潤いを取り戻すために数十キロ離れた川から用水路を引く事業を起こすことになったんだ』

　どんなわけで⁉

　そういえば以前、お姉さんから父さんに会いに行った話を聞いた時、父さんがなにやら新しいことをしようとしてるとか水がどうとか言っていたけど……そういうこと？

『大規模な工事になるから帰国が遅れると思う。たぶん順調にいって五～六年くらい？』

「五～六年⁉」

『まぁなにかあったらお姉さんを頼って頑張れよ！　またな～♪』

　父さんが武装した人たちと仲良く手を振ったまま画面が切り替わり、いつか見た二人組のキャスターが映し出される。

『これって……息子さんへ向けた内容ですよね』

『そうですね。取材によると一人暮らしをしている高校生の息子さんがいるそうなので』

『無事なのはいいですけど、テレビをビデオレター代わりに使うのはやめて欲しいですね』

　ニュースキャスターの女性が仰(おっしゃ)ることはごもっとも。

　なんだかごめんなさい……。

「この人があなたのお父さん？　なんだか大変そうね……」

　知華さんから思いっきり哀れみに満ちた瞳を向けられた。

　そんな目で見られると自分の境遇を悲観しそうになるからやめて欲しい。

「それにしても……五～六年か」

確実に大学進学の当てにならないことが確定。

やっぱりマネージャーの提案を受けてよかったな……。

「大丈夫だよ。心配しなくてもお姉さんがついてるから！」

「そうですね……よろしくお願いします」

「任せておいて！」

今までみたいな変な遠慮はない。

これから先、きっと僕はお姉さんや知華さんに迷惑を掛けることもあると思う。でも迷惑を掛けることを恐れずに、掛けた分以上に二人の力になれるように頑張っていこうと思う。

そうやって少しずつ、本当の家族みたいになれたらいいなと思った。

あとがき

皆様ご無沙汰をしております。柚本悠斗です。

まずは二巻をお買い上げいただいた読者の皆様、ありがとうございます。

一巻に続き二巻もお付き合いいただいた皆様は、もう立派な『全国ただ養われたい協会』の会員、同志です。とはいえ、僕らを養ってくれるきれいなお姉さんはそう簡単に現れるはずもなく……いつだって現実は過酷ですが、いつか出会えると信じて頑張っていきましょう。

私も原稿を頑張る……。

話は変わりますが、二巻では瑛太とお姉さんが温泉旅行に行くシーンがあります。

執筆するにあたり、舞台となる温泉地を知らなければと思い取材に行きました。

温泉地を巡りつつ、二人が楽しむ様子をイメージしながら過ごしていたわけです。

一緒に温泉に入ったり、食事をしたり、同じベッドり寝たり、二人はこんな時どんな会話をするんだろう……そんな想像していたある瞬間、ふと気づいてしまったんです。

『おかしいな……なんで私の隣にはきれいなお姉さんがいないんだろう？』

まさか自分で書いたライトノベルの主人公に嫉妬するとは思いませんでした（怒）。

ちなみに作中で二人が行った温泉は長野県の奥地にある白骨温泉というところを舞台にしています。大自然の中にひっそりと佇む集落、こんこんと湧き出る温泉は素晴らしかった。

読んでいただいた読者の方に、少しでもイメージが伝わるといいなぁと思っています。

ぜひみなさんも長野県に行った際は立ち寄ってみてくださいね！（謎宣伝）。


続いて謝辞です。

引き続きイラストをご担当いただきました西沢（にしざわ）5㍉先生、ありがとうございました。

待ちに待ったお姉さんの水着イラスト！　どんな水着姿を描いていただけるだろうとワクワクしながら待っていたのですが、想像以上に素晴らしいイラストで昇天しました。

我が家の家宝として子々孫々まで大切に受け継いでいこうと思います。

最後に、いつもお世話になっている担当氏、編集部や営業部の皆様。売場で拡販にご尽力いただいている書店の皆様。改めて読んでいただいた読者の皆様、ありがとうございます。

今後とも、きれいなお姉さんをよろしくお願いします。

柚本悠斗

ファンレター、作品の
ご感想をお待ちしています

〈あて先〉

〒106－0032
東京都港区六本木2－4－5
SBクリエイティブ（株）
GA文庫編集部 気付

「柚本悠斗先生」係
「西沢５ミリ先生」係

本書に関するご意見・ご感想は
右の QR コードよりお寄せください。

※アクセスの際や登録時に発生する通信費等はご負担ください。

https://ga.sbcr.jp/

きれいなお姉さんに養われたくない男の子なんているの？ 2

発　行　　2020年6月30日　初版第一刷発行
著　者　　柚本悠斗
発行人　　小川　淳

発行所　　SBクリエイティブ株式会社
〒106−0032
東京都港区六本木2−4−5
電話　03−5549−1201
03−5549−1167（編集）

装　丁　　AFTERGLOW

印刷・製本　中央精版印刷株式会社

ISBN978-4-8156-0549-0

Printed in Japan　　GA文庫

試読版は
こちら!

試読版
こちら!